Bale Akademisi

AÇ/79 ★ ABG/121 ★ AB/317 ★ A/55

ARTEMİSÇOCUK

BALE AKADEMİSİ 6 ★ FAZLADAN BİR TÜTÜ

BEATRICE MASINI

ORİJİNAL ADI: SCARPETTE ROSA ★ UN TUTU DI TROPPO

GENEL YAYIN YÖNETMENİ: ILGIN SÖNMEZ TOYDEMİR

İTALYANCA ASLINDAN ÇEVİREN: ÇAĞRI EKİZ

TÜRKÇE DÜZENLEME: SEÇİL ERSEK - ALKIM ÖZALP

YARATICI YÖNETİM: PHOTOREPUBLIC

ÇİZİMLER: SARA NOT

GRAFİK: MERVE GÜVEN

1. BASIM: EKİM 2011

ISBN: 978-605-4560-04-2

SERTİFİKA NO: 10905

ARTEMİS YAYINLARI
TİCARETHANE SOKAK NO: 53 CAĞALOĞLU / İSTANBUL
TEL: (212) 513 34 20-21 FAKS: (212) 512 33 76
E-POSTA: EDITOR@ARTEMISYAYINLARI.COM
WWW.ARTEMISYAYINLARI.COM

BASKI VE CİLT: MELİSA MATBAACILIK
ÇİFTEHAVUZLAR YOLU ACAR SİTESİ NO: 4 BAYRAMPAŞA / İSTANBUL
TEL: (212) 674 97 23 FAKS: (212) 674 97 29 SERTİFİKA NO: 12088

GENEL DAĞITIM: ALFA BASIM YAYIM DAĞITIM LTD. ŞTİ.
TEL: (212) 511 53 03 FAKS: (212) 519 33 00

Beatrice Masini

FAZLADAN BİR TÜTÜ

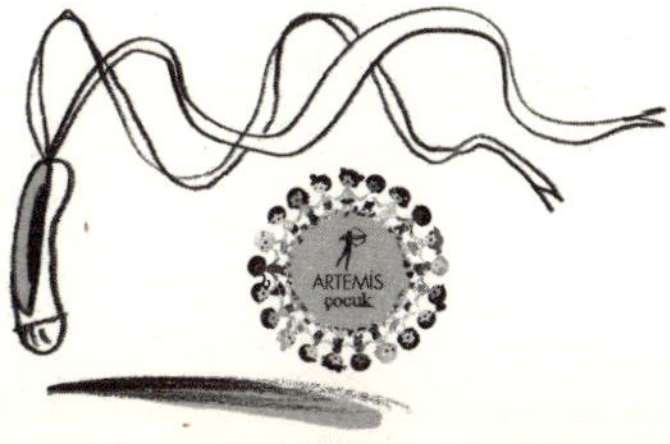

ARTEMİS çocuk

Akademi, roman için yaratılmış, romanın kuralları çerçevesinde, içinde romanı çağrıştıran olayların yaşandığı bir dans okuludur. Gerçekte var olan birçok dans okuluna benzer görünse de onlardan biri değildir. Gerçek olansa, tüm kahramanların kendi hayallerini gerçekleştirmek uğruna gösterdiği çabadır…

İŞGALCİ

"Leda, nasıl oluyor da bu kadar mutlu olabiliyorsun? Hava berbat, az önce bir araba su birikintisine hızla dalarak beni tepeden tırnağa ıslattı, vücudumun her santimetrekaresi su içinde ve sen o aptal gülümsemeyle karşıma çıkıyorsun."

"Haha, sanırım bugün moralimiz yüksek, iyi, çok güzel. Senin hassas zihinsel dengenin birkaç damla suyla allak bullak olabileceğini bilmiyordum. Hatta zihinsel dengenin hassas olduğunu dahi bilmiyordum. Sen her zaman çok dengeli görünürsün… Bu da, bir balerin olduğun göz önüne alınırsa, olmazsa olmaz…"

"Hahaha! Şimdi de komedyenliğe mi soyundun? Ya baksana bana, çöp oldum, çöp!

Leda, Zoe'ye acıyarak baktı, sonra soğuk bir ifadeyle, "Aslında böyle daha iyi görünüyorsun," dedi.

"Seni bu halde görmek isterdim, belki nezle bile olurdun... Ne gülüp duruyorsun?"

"Sonbahar bende böyle bir etki yaratıyor. Evet, yağmur yağıyor ve hava biraz serin ama bu, pastanede sıcak çikolatalı günlerin ve sinemalı akşamüstlerinin başladığı anlamına gelir. Çok romantik...Ve bir de şuna bak," dedi Leda ve bacağını Zoe'ye doğru kaldırarak üzerinde kırmızı güller olan yeni siyah çizmelerini gösterdi. "Çok güzel değiller mi?"

"İtiraf etmem gerek," dedi Zoe, "Gerçekten çok şirinler."

"Dün aldım."

"Yani bana bir haber bile vermeden alışveriş yapmaya mı gittin? Ne bencil, ne benmerkezci bir insanmışsın..."

"Haydi ama senin şu yeni gelenle ilgilenmen gerekiyordu."

Zoe sustu ve iç çekti. Oflayıp puflamaya başladı. "Tam da unutmaya başlamıştım. Neden bilmem, zihnim bu olayı silmeye çalışıyor."

"Bence annen ve babanın ona kalacak yer sağlamaları çok cömert bir teklif. Kaldı ki sizin ev büyük, bir kişi eksik, bir kişi fazla, size çok bir fark yaratmaz... Bizde olsa hayatım altüst olurdu."

"Evet ama sizin evde de misafir odası var."

"Evet de annem onu giyinme odası gibi kullanıyor. O oda olmasa o kadar ayakkabıyı nereye koyardık bilemiyorum. Neyse, nasılmış?"

"Kim nasılmış? Sen de gördün, görmedin mi?"

"Tabii de ben beraber yaşamak nasılmış demek istedim. Geveze mi, sessiz mi, müdahaleci mi, çekingen mi… Hani insanları tanımlamak için kullanılan kelimeler vardır ya? Neydi adı, sıfatlar! Evet, şimdi bana bu kızı tasvir eden üç sıfat söyle."

"Garip, garip ve garip."

"Hayalgücün biraz eksik, farkındayım. İlginç aslında, kompozisyonlardan da hep iyi notlar alırsın ama…"

"Ne alakası var? Bir düşün bakalım, senin peşinde sürekli bir gölge olsa ne yapardın. Her yere peşimden geliyor, beni soru yağmuruna tutuyor, nefes aldırmıyor."

"Abartıyorsun, şu anda burada bizimle değil mesela."

"Evet, tabii. Çünkü Bayan Elsa'ya sertifikalarını teslim etmeye gitti. Bana da ona eşlik edip etmeyeceğimi sordu. Ben de ona yolu tarif ettim. Kötü mü ettim acaba?"

"Yok canım. On iki yaşına gelmiş, ne kadar çabuk ortama alışırsa o kadar iyi. Ama beni kandırmaya çalışma sevgili Zoe. Çok sertmişsin gibi konuşuyorsun ama ben seni tanırım, kızın yanında bal şekersin..."

"Tabii onu çok hırpalayamam ama burada olmaktan memnun mu, bilmiyorum."

"Annenlerle beraber karar verdiğinizi söylemiştin..."

"Verdik ama ne diyebilirdim ki zaten? *Hayır, ben bunu istemiyorum, burada yer yok, geri gönderin* mi deseydim? Herhalde annemlere bu aklı verenin Madam Olenska olduğunu unutuyorsun."

"Herhalde kızın bazı numaraları olduğunu düşünüyor. Sen onu dans ederken gördün mü?"

"Ne zannediyorsun ki, eve gelince ilk iş bara geçip egzersiz mi yapmaya başladık sanki? Odasını gösterdim, valizini boşaltırken psikolojik destek verdim, sonra da kardeşlerimle beraber bir film izledik."

"Peki, Marta ve Sara ne diyor?"

"Sara pek oralı değil, biliyorsun, o büyük, kendi hayatı var. Marta ise çevresinde kulak vereceği birinin olmasından memnun. Diletta'nın üç erkek kardeşi varmış ve üçü de birer başbelasıymış, öyle dedi. Yani kardeşlere alışkın ve söylediğine göre onunkilerle karşılaştırınca Marta bir melekmiş, ben de ne kadar şanslı olduğumun farkında değilmişim..."

"Güçlü bir karakteri olmalı. Ailesini bırakıp tek başına sırf Akademi'de okuyabilmek için buralara kadar gelmiş."

"Eskiden bir sürü çocuk yatılı okullarda okuyormuş, çok da problem olmuyormuş," dedi Zoe.

"Evet ama bu mutlu oldukları anlamına gelmez, hatta tam tersi."

"Tabii, sonuçta ev yatılı okuldan daha iyi..."

"Her şeyi de bilirsin..."

Laf lafı açarken Zoe ve Leda sınıfın kapısına geldiler. Leda dolabına uğrayıp yeni çizmelerini bir çift tenis ayakkabısıyla değiştirdi. Zoe'nin ise silkelenip montunu dolabın kapısına asmaktan ve kuruması için dua etmekten başka yapabileceği bir şey yoktu. Her tarafı nemli ve soğuktu, kendini iyi hissetmiyordu. Sanki her şey biraz hızlı başlamış gibiydi. Aslında eylülün yaz gibi sıcak, tatlı, görevlerin ve alışkanlıkların yeniden edinilmesine yardımcı olan bir havası olması gerekmez miydi? O zaman neden dört gündür aralıksız yağmur yağıyor, hava sıcaklığı on derece düşüyordu? Bütün bunlar yetmezmiş gibi emrivaki yaparak Zoe'nin yanına bütün bir sene ilgilenmesi gereken bir de arkadaş vermişlerdi.

İşte Zoe'nin rahatsızlığının esas sebebi buydu, Diletta'nın gelişi. Diletta küçük bir kasabada dans okumuş sonra Akadem'ye giriş sınavlarını kazanmıştı. Ama okulun yurdundaki birkaç yer de dolu olduğundan Madam Olenska bazı velilerden onu bir yıl boyunca misafir etmelerini istemişti. Anne ve babası konuyu Zoe ile görüşüp olumlu cevap vermişlerdi. Ama Zoe'nin de dediği gibi zaten hayır denebilecek bir durum değildi bu. Ayrıca babası diğer insanlara, sadece dünyanın öbür ucunda yaşayan ve her şeylerini bir depremde kaybetmiş insanlara değil, çok daha yakındaki insanlara yardım edip onlar için elle tutulur bir şeyler yapmak gerektiğini söylediğinde Zoe onu haklı bulmuştu. Güzel de, şimdi kızın biri hayatına girip bir şeyleri değiştiriyordu.

Diletta'nın çok güzel siyah gözleri ve uzun kirpikleri vardı. Saçları da siyah ama biraz dağınıktı. Özellikle bugünlerde havadaki nemle alnında ve ensesinde lüleler oluşuyordu. Teni çok koyuydu ve Zoe'ye göre muhtemelen kışın ortasında bile bronz bir cildi olacaktı. Ufak tefek ve uyumlu bir tipti. Genellikle mavi ya da gri bir eşofman giyiyordu veya kotunun üzerine bir kazak geçiriyordu. Buraya annesiyle beraber sadece iki valizle gelmişti. Uzun tren yolculuğu sonunda ikisi de bitkin düşmüştü ve ancak Zoe'lerin evinde içilen ikinci çaydan sonra normal bir görünüme sahip olmuşlardı. O gece iki yataklı misafir odasında beraber kaldılar. Annesi ertesi gün onu okula götürüp son kez Madam Olenska ile görüştükten sonra akşamüstü oradan ayrıldı.

O zamandan beri Diletta, Zoe'ye emanetti ama aslında Zoe'nin Diletta'nın boyunduruğu altında olduğunu söylemek daha doğruydu. Kız onu bir dakika rahat bırakmıyordu ve sürekli soru soruyordu. Hayatında ilk defa evden ayrılmış dağınık bir kız olarak çok kararlı bir havası vardı, her şeyi öğrenmek istiyordu ama bir seferde. Aptalca sorular da sorduğu oluyordu, mesela, "Madam Olenska iyi midir?" ya da "Siz okulda hepiniz arkadaş mısınız?" gibi. Aslında düşününce çok da aptalca değildi bu sorular, sadece çok büyüklerdi, dev sorulardı bunlar. Bunlara cevap vermesi aylar sürerdi ama iki dakika sonra o yeni bir soruyla çıkagelince Zoe nasıl cevap versindi?

Doğal olarak Diletta sınıfta Zoe'nin yanındaki sırada oturuyordu. Bu fikir onun ortama alışması için doğru bir hareket olduğunu düşünen İtalyanca öğretmenine aitti. Bu sayede birinci sınıftan beri devam eden kadim Zoe-Leda kardeşliği coğrafi olarak da olsa ilk defa kesintiye uğramıştı. Leda şimdi Zoe'nin arkasındaki sırada oturuyordu ve bu da onların iletişimini zorlaştırıyordu. Leda ona endişelenmesini gerektirecek bir durum olmadığını söyledi. "Göreceğiz," diye homurdandı Zoe sırasına yerleşirken. Bir dakika sonra Diletta sınıfa girdi, yanına oturdu ve büyük bir gülümseme eşliğinde, "Sekreter hanım her şeyin tamam olduğunu söyledi," dedi.

Zoe belli belirsiz bir gülümsemeyle cevap verip önüne baktı. Diletta'nın çok garip bir aksanı vardı, bütün sesli harfleri sıkarak söylüyordu ve bazı sessizleri de çift telaffuz ediyordu. "Sence sözlü yapar mı?" diye sordu Diletta, puantiyeli mavi montunu çıkarırken. O montla küçük bir çocuğa benziyordu.

"İtanyancacı mı? Yok canım, sadece iki konu anlattı, ne bilmemizi bekleyebilir ki?"

"Neyse, ben zaten çalıştım." Diletta oturup ellerini önünde birleştirdi ve merakla parlayan gözleriyle etrafına baktı. "Senin erkek arkadaşın hangisi?"

İstemeden de olsa Zoe cam kenarında oturan Jonathan'a bir bakış attı ve sonra hızla Diletta'ya döndü. Aynı hızla, aceleyle cevap verdi. "Ne erkek arkadaşı Diletta?"

"Bu güzellikle sakın erkek arkadaşın olmadığını söyleme. Yoksa o kızıl saçlı çocuk mu?" Jonathan tam o anda Zoe'ye bakarak kocaman gülümsedi ve Zoe'nin anlayamadığı bir şeyler mırıldandı. İmkanı olsa Zoe onu parçalayacaktı. "Doğru bildim, değil mi?" diyerek gülümsedi Diletta. Sonra şans eseri zil çaldı, geç kalanlar arkalarında öğretmenle sınıfa doluştu ve bu utanç anı da yavaş yavaş yokolup gitti.

"Şahane," dedi kendi kendine Zoe kızarmış yanaklarıyla, "aynı zamanda zalim. Bir bu eksikti, koynumda yılan besliyorum."

Sonunda tahminlerin aksine öğretmen sözlü yapmaya karar verdi. Diletta bir bayrak gibi parmağını sallayıp durdu. "Ben gönüllüyüm Bayan Luciani." Kendinden emin bir şekilde tahtaya kalktı ve sorulara -çok konu işlenmediğinden az sayıdaki soruyayine kendinden emin bir şekilde cevap verdi. Halbuki Zoe onun dün, bütün akşam odasında oturup o garip soruları hazırladığı için çalışacak fırsatı olmadığından emindi.

Diletta güzel bir not alarak sırasına döndü. Suratındaki memnun ifade yüzünden herkesin kıza bir tokat patlatası geldi. Neyse ki Zoe asla başkalarının okuldaki başarılarını kıskanmazdı. Önünde oturan Laila ise dönüp fısıldadı. "Arkadaşına bravo gerçekten." Zoe cevap olarak onun arkadaşı olmadığını söylemek istedi, kız sadece onunla aynı adrese ve telefon numarasına sahipti. Bunun sebebi de ona pek de danışmadan gereksiz bir cömertlik örneği gösteren anne ve babasıydı. Ama vakit yoktu çünkü öğretmen tekrar derse geçti ve mutlak sessizlik istedi.

Sessizlikte düşüncelerin sesi yükselir. Zoe'ninkilerse tek bir mesaj veriyordu. "Beni rahat bırak!" Acaba Diletta duymuş muydu?

İŞGAL DEVAM EDİYOR

Yalnız kalabildiği nadir anlardan birinde -evde, akşam duş yaparken özellikle uzun kaldı- Zoe kendinden hiç memnun olmadığını ve Diletta'ya karşı soğuk tavrından dolayı utanç duyduğunu düşünüyordu. Aslında Diletta ona antipatik gelmiyordu. Böyle olsa, yani sorun bir ten uyuşmazlığı olsa, ki bazen olur, en azından bu tavrının bir açıklaması olurdu. Halbuki tanıştıklarında onu tatlı bulmuş, şimdi ise dayanılmaz olduğunu keşfetmişti.

Derisi soyulmaya başlamadan musluğu kapattı. Muhtemelen kendi duş rekorunu kırmıştı. Küvetten çıkıp da havluya sarınana kadar soğuktan titredi. Saçlarını tararken aynadaki görüntüsünü seçmeye çalıştı ama ortamdaki nem ona yardımcı olmuyordu. Bornozunun koluyla aynanın bir kısmını, suratının sığacağı kadar bir kısmı sildi. "Kötü kalpli misin Zoe?" diye fısıldadı kendi kendine ama o sırada saç kurutma makinesini çalıştırdığından kendi yansımasının verdiği cevabı duyamadı. Kötü de ne demek! Çocuklar ancak arkadaşlarının kalemlerini ve silgilerini çalarlarsa ya da o silgileri parçalayıp kalemleri de arkadaşlarının gözüne sokmaya çalışırlarsa kötü olurlardı. Olgun bir genç kız olarak o nasıl kötü olabilirdi? Sonra gözü lavabonun kenarında duran çiçekli küçük bir makyaj çantasına takıldı. Onu oradan kaldırmak, hatta kaldırmak ne kelime, tekmeleyip üzerinde tepinmek istedi. Çok kötüydü. Bunun yerine meraklı tavırlarla fermuarını açıp içinde fırça, bir torba firkete ve siyah lastik tokalardan başka hiçbir şey olmadığını gördü. Şaşırdı, ne bir dudak parlatıcısı, ne bir göz kalemi ne de bir parfüm numunesi, hiçbir şey yoktu. Böylece çantanın fermuarını kapatırken kendini herkesin işine burnunu sokan bir gibi hissetti.

Şahane. Diletta adeta insanların içindeki kötüyü dışarı çıkarıyordu! O gün öğleden sonra Gimenez'in dersinde de aynı şey olmuştu. Diletta dersin ortasında Akademi'ye neden kabul edildiğini herkese göstermeye kalkmasa hiçbir sorun olmayacaktı. Herkes gibi normal normal barda çalışsa -ki

Akademi'nin kriterlerine göre zaten mükemmellik seviyesine ulaşmış olurdu-, kendini aşıp acayip bir zaman algısı ve inanılmaz bir temel tekniğe sahip olağanüstü bir seviyede olduğunu göstermeye çalışmasaydı ortada sorun filan kalmayacaktı. Aynı durumda Zoe olsa o da aynı şeyi yapardı. Zaten birkaç hafta önce Bay Poe'nun sınıfında da yapmıştı. Peki, neden bu kadar rahatsız oluyordu? Neden bu tavrı bir yalakalık olarak değerlendiriyordu? Neden Gimenez'in, "Bravo Diletta!" demesi ona bu kadar dokunuyordu?

Saçları kuruyunca Zoe odasına gitti. Daha doğrusu amacı buydu ama yolun yarısında birdenbire önü kesildi. "Ne dersin, o İspanyol öğretmenin dersinde iyi bir izlenim bıraktım mı?" diye sordu Diletta rahatsız edici bir ses tonuyla. O da bornozunu giymişti, herhalde Zoe'nin arkasından banyoya girecekti.

"Acayip bir izlenimdi!" dedi Zoe ve odasının kapısına doğru sıvışmaya çalıştı. Ama yok, Diletta onu adım adım takip etti ve omzuyla onu duvara itti.

"Bilirsin, taşradan geldiğim için hor görsünler istemedim. Benim okulum çok iyi bir okuldu. Tabii

Akademi bambaşka ama..." dedi ve elleriyle öyle acayip hareketler yaptı ki Zoe karşısında bir kukla var zannetti. Gözlerini öyle açmamalısın Diletta, çok büyüyorlar, ayrıca gözlerinin beyaz kısımları siyah kısımlarıyla öyle bir kontrast yaratıyor ki sanki biri seni boğazlamaya çalışıyormuş gibi oluyor. Bu son çirkin düşünceyle Zoe nihayet odasına kaçmayı başardı. Kapıyı kapattı. Sonra birden kapı çaldı. Gelen annesiydi. "Hey Zoe, orada mısın? Girebilir miyim?"

"Tabii ki," diye cevap verdi Zoe.

"İyi misin? Biraz solgun görünüyorsun..."

"Daha iyi olmamıştım," dedi Zoe zorlama bir gülümsemeyle.

"Diletta nasıl?"

Annem de mi? Yani başka bir şey soramaz mıydı? Diletta?

"Diletta'nın nesi nasıl?"

"Okulda bir sorun oldu mu?"

"Yok canım. Edebiyat dersinden iyi not aldı ve Gimenez'in de takdirini kazandı. Oldu mu? Sorgulama bitti mi?" Birden sesinin biraz fazla yükseldiğini, sonda yapmaya çalıştığı esprinin ve genel olarak tonlamasının onu ele verdiğini fark etti.

Annesi derin bir nefes verip yatağa oturdu. "Ne oldu, bir sorun mu var?"

"Yo, hayır," dedi Zoe acı bir sesle. "Yani artık yanımda o olmadan hiçbir şey yapamıyorum. Herkesle ilgili her şeyi bilmek istiyor. Banyom artık benim banyom değil. Bunların dışında bir sorun yok."

"Daha önce de Marta ile ortak kullanıyordunuz o banyoyu," dedi annesi.

"Tabii ama Marta benim kardeşim. Ayrıca sen Diletta'yı akşamları iki saat görüyorsun. Bense sabah kalkıp akşam yatana kadar, evde ve okulda sürekli onunla muhatap oluyorum. En iyi arkadaşlarımla geçirdiğim vaktin daha fazlasını onunla geçiriyorum. Biraz garip bir durum, anlatabiliyor muyum? Bu sence normal mi? Sinirli olmam sence garip mi ? Sürekli sırıtıp gülücükler saçsam daha garip olmaz mıydı?"

Annesi onu kesmedi ve ifadesini de değiştirmedi. Zoe motor gibi devam etti. "Leda beni cumartesi günü evine davet etti. Ne yapmalıyım? Yalnız kalmasın diye Diletta'yı da mı götürmeliyim? Ben birilerini davet etmek istesem onun da burada olacağını mı varsaymam lazım? Sen söyle nasıl davranmam gerektiğini. Evet?"

Uzun bir sessizlik oldu. Annesi gözlerini kışın ilk soğuğunda alelacele yere serdikleri kilimin püsküllerine kaydırdı. "Anlıyorum. Korkarım haklısın. Yani biz senden çok Diletta'yı düşündük sanırım."

Daha da uzun bir sessizlik sonunda sakinleşen Zoe konuşmaya başladı. "Tamam, bunu söylediğini duymaktan memnunum. Bütün bunlara sessiz sessiz katlanmadığım için kendimi kötü hissetmeye başlamıştım. Sorun şu ki o burada."

"Evet aynen öyle, burada," diye tekrar etti annesi. "Ve onu rahat hissettirmemiz gerek. Evinde hissettiremeyiz çünkü burası onun evi değil. Ama sakin ve güvende hissetmeli, yoksa evinden ayrılıp başka bir aile ile birlikte yaşamanın ne anlamı kalır? Sonuçta senin olanlar senin olmaya devam edecek. Her şeyini onula paylaşmanı beklemiyorum. Zaten böyle bir şeyi senden isteyemem."

Zoe annesinin yanına oturdu. Ona sarıldı. Onun boynunun sıcaklığında ve kokusunda kayboldu. "Teşekkürler," dedi. Sonra kısık sesle, "Sanırım biraz abarttım," diye ekledi.

Annesi gülümsedi. "Sanırım abarttın, evet ama senin yaşında abartılmazsa…"

*

Akşam yemek masasında Zoe en azından bu akşamlık kendini zorlayıp Diletta'yla muhabbet etmeyi planlıyordu. Zaten bütün işi Diletta halletti, Sara ile badem yağının faydaları üzerine konuşuyorlardı. "Anneme söyleyeyim de bana bir şişe yollasın. Denemiş olurum böylece." Sonra birden Marta'ya dönüp iki eski arkadaşmışçasına Winx karakterlerinden bahsetmeye başladı. *Diletta bir şekilde kendini kabul ettirmeyi başarıyor*, diye düşündü Zoe. Belki de bu yüzden ona katlanamıyordu. Ona o kadar kolay gelmediğinden. Bu kadar... Bu kadar alçak olması mümkün müydü?

Bu düşünce hoşuna gitmedi. Babası yüz ifadesinden anlamış olacak ki merakla ona bakıp sordu. "Çorba hoşuna gitmedi mi?"

"Mafalda değilim ya!" diye cevap verdi Zoe küçük bir gülümsemeyle. Mafalda küçükken babasının ona okuduğu kitaplardan birinin baş karakteriydi ve babayla kızı arasında bir espri haline gelmişti. Aslında bir çocuk kitabı değildi ve o küçük Zoe için oldukça anlaması güçtü. Babası okurken onun hoşuna giden şey babasının Mafalda taklidi yaparkenki sesi ve mimikleriydi. Bir de kızın çorbadan nefret ettiğini hatırlıyordu. O zamanlar Zoe çorba içmemek için elinden geleni yapardı. Ama sonra büyüdü, zevkleri değişti ve şimdi her türlü çorbaya bayılıyordu. Hatta artık Mafalda'yı bile seviyordu. Babası bu berbat kızın çiziminin olduğu bir tişört hediye ettiğinde Zoe çok mutlu olmuştu. İşte şimdi de hep istediği gibi, biricik olduğunu hissettiği için mutluydu.

ARKADAŞLAR BİRBİRİNİ BULUYOR

Annesinin söyledikleriyle sakinleşen Zoe cumartesi akşamı Leda ile buluşmak için mutlu mesut evden ayrıldı. Çok da özel bir şey yapmayacaklardı çünkü daha önce böyle bir sürü akşam geçirmişlerdi. Genellikle pizza, patlamış mısır ve DVD'den izlenen saçmalıklarla başlayan akşam, gece geç saatlere kadar karanlıkta yapılan muhabbetle devam ederdi. Zaten tam da bu alışkanlıkları buluşmalarını çekici kılıyordu belki de. Aslında yaz boyunca Zoe'ye kırmızı kağıtlarla uzun uzun mektuplar yazmaya söz veren Leda işi sadece cep telefonu mesajlarıyla sınırlı tutunca Zoe onun bütün bir yaz tatili boyunca neler yaşadığından pek haberdar değildi. Pijamasını çantasına koyarken Diletta kapıya geldi ve sordu: "Onlarda mı kalacaksın? Bizde pek olmaz, yani arkadaşta yatıya kalmayı diyorum."

"Bizde olur, hem de çok," dedi Zoe. "Biz Leda ile bu işe yedi yaşında başladık, artık gerisini sen düşün."

"Peki kendini yalnız hissetmedin mi?"

"Asla," dedi Zoe ama tam o sırada çok küçükken bir akşam en sevdiği bebeğini yanında götürmeyi unuttuğunu ve Leda'nın babasının -ki o zamanlar annesi ve babası hala beraberdi- gidip bebeği getirmek zorunda kalışını hatırladı. Aksi halde bir türlü uyuyamayacaktı.

"Ben de Marta ile çizgi film izleyeceğim," dedi Diletta.

"Güzel," dedi Zoe.

"Görüşürüz o zaman."

"Görüşürüz."

Leda bu fırsatı değerlendirmeden bırakmadı. "Diletta nerede?" diye sordu.

"Başka şey bilmez misiniz?" diye tersledi onu Zoe. Yatağa yatmışlardı ama uykularının gelmesine çok vardı.

"*Biz* kimiz?" diye sordu Leda merakla.

"Sen, annem, herkes…"

"Ama normal bu, kız senin evinde yaşıyor."

"İşte, sorun bu. Evimde yaşıyor. Bu ailemin de bir parçası olduğu anlamına gelmez."

"Aman, ne alıngansın," dedi Leda. "Onunla bir sorunun mu var?"

"Yok da..."

"Anlaşıldı. O zaman konuyu değiştirelim. Biliyor musun dağa gitme fikri hoşuma gitmeye başladı."

"Nasıl oldu bu? Peter'la tanışıp *Heidicilik* mi oynadınız?

"Aptal. Hayır, sadece yıllar sonra ilk defa babamla yaptığımız geziler hoşuma gitmeye başladı. Eskiden mızmızlanarak onu takip ederdim, o da ısrar ederdi. Geçenlerde birden bir aydınlanma yaşadım."

"Sesler falan mı duydun?" diye dalga geçti Zoe. "Halüsinasyon mu gördün acaba?"

"O kadar aptalsın ki aptallığına çare yok. Basit bir ekipmanla çok zor bir rotayı geçtik. Zirveye vardığımızda, oraya ilk çıkan insanlarmışız gibi hissettim. Öyle değil tabii ki ama bir sürü çocuğun ve yaşlının mısır lapası ve mantar tıkındığı o bilindik patikalardan değildi. Çok az insan vardı ve ortalık çok sessizdi. Kendimi dünyanın tepesinde zannettim çünkü oraya teleferik ya da babamın *Hadisene, yürüsene* şeklindeki iteklemeleri olmadan tek başıma çıktım."

"Fethettin yani."

"Aynen. Yani dünyanın tepesi değildi tabii ama ben öyle hissettim. Kendimi şey hissettim... büyük. Yani küçüktüm çünkü dağlar çok büyük olduğundan insan kendini bir karınca gibi hissediyor ama bir yandan da büyüktüm, olgunlaşmıştım. Bana baksana, olgun hissetmekten bahsediyorum, görüyor musun?"

"Gerçekten de öyle," dedi Zoe samimi bir şekilde.

Zoe'nin usta bir terzi olan arkadaşı Demetra, onu terzihanenin kapısında görünce elindeki tütüleri yere bırakıp koşup ona sarıldı. Zoe içgüdüsel olarak geriye çekilmeye çalıştı çünkü Demetra'nın önlüğü her zaman iğnelerle dolu olurdu. Ama bu sefer iğneler ona batmadı, onun yerine burnuna ona ninesini hatırlatan bir sabun kokusu geldi. Gerçi ninesi bu kokuyla uzaktan yakından ilgisi olmayan Dior'un parfümünü kullanıyordu ya, olsun. Belki de Demetra onun hiç tanımadığı diğer ninesiydi. Çok genç bir nine olurdu ama olurdu çünkü Demetra'nın çocukları ya da torunları yoktu.

Demetra dönüp az önce elinden bıraktığı tütüleri yerden topladı. "Şu hale bak!" dedi. "Benim hiç hoşuma gitmiyor bunlar ama şu sizin Fransız kostümcü bütün yeni kuğu kostümlerini böyle istiyor. Hepsi böyle çiğ olacakmış, mat kuğular. Öyle olunca da hepsi gri oluyor tabii. Aslında diyorum ki, çaktırmadan içine biraz gümüş rengi mi karıştırsam? Bak şimdi..." dedi ve tütünün katlarından birinin uçlarına ince gümüş rengi bir iplik geçirdi. "İlk bakışta belli olmaz, genel prova yaptıklarında da artık değiştirmek için çok geç olur, ben de hata yaptığımı söylerim. İnsanlar gerçek kuğular görmek ister, böyle çirkin ördek yavruları değil. Öyle olsa parka gidip orada izlerler bu hayvanları, gösteriye neden gelsinler ki? Haksız mıyım?"

Zoe terzinin tezgahında hep hazır bulunan şekerlerden birini aldı. Aldığı şekerin üzerinde MEYVELİ yazıyordu ve ağzına atar atmaz aslında şekli ezik büzük olup da turtanın içine konduğunda inanılmaz bir lezzet veren o elmaların tadını fark etti. Demetra sanki onun aklını okur gibi gözlerini işinden kaldırmadan, "Eğer istersen mutfakta bir parça turta var. Haydi, git, ye de belki biraz kilo alırsın. Bütün bir tatili o kaşık kadar suratla mı geçirdin? Manken mi olmak istiyorsun balerin mi?" Daha sonra Zoe hala dudaklarını yalarken -turta nefisti, gerçek elmadan yapılmıştı ve Zoe onu bir lokmada yuttu- zorlayıcı soru geldi: "Şu yeni kız nasıl?"

"Aslında bilmiyorum. Açıkçası pek de hoşuma gitmiyor," diye itiraf etti. "Yani çok itici bir kız değil ama sanki benden alan çalıyormuş gibi hissediyorum."

"Anlıyorum. Ortada haddinden fazla tütü var," dedi Demetra alışıldık ses tonuyla. "Yani aynı evde olmak falan... Eskiden yurt çok büyüktü, biliyor musun? Artık pek kullanılmıyor, şimdiki gençler eskisi kadar fedakar değil. Eskiden insanlar balerin olmak için sekiz yaşında evden ayrılırlardı... Yatılı okul gibiydi, öğrenciler sadece grup halinde ve yanlarında bir gözetmen eşliğinde dışarı çıkabiliyorlardı. Şimdi daha özgürler ve tek kişilik odalarda kalıyorlar. O zaman bir odada dört kişi kalırdı, mahremiyeti artık sen düşün. Muhtemelen Diletta sizin evde çok rahattır. Tütüsünü almaya geldiğinde bir fareye benziyordu, çok sıkıntılıydı. Evini özlediğini söyledi. Ben de ona istediği kadar şeker alabileceğini söyledim. Zavallıcık..."

"Ne garip," dedi Zoe elini gece mavisi kadife bir tülün üzerinde gezdirerek. "Benim yanımda her zaman çok şen şakrak..."

"Belki de öyle görünmeye çalışıyordur," dedi Demetra. "Gururundan, durumunu belli etmemek için böyle davranıyor olabilir. Acı çektiğinin fark edilmesini istemiyordur. Evden uzakta olsan sen nasıl hissederdin?"

"Ama ben evden uzaklaştım, bu yaz on beş gün yoktum buralarda."

"Tabii ama sen Gimenez ve zaten tanıdığın bir grup arkadaşınla beraberdin. Ayrıca kısa süre sonra biteceğini de biliyordun. Onun ise önünde yıllar var. İnsanlar ailelerinden uzak kalmamak için baleyi bırakıyor. Bu iş çok fedakarlık istiyor..."

Zoe sustu. Daha önce konuya bu açıdan hiç bakmamıştı. Birden şuursuzluğu yüzünden kendine sinirlendi.

Bu düşünce onun Diletta'yla daha fazla zaman geçirmek istemesini sağlamıyordu, hem de hiç. Sadece onu daha iyi anlarsa belki daha sabırlı olmayı başarabileceğini düşündü. Biraz çaba göstermesi lazımdı.

"Şuna bak," dedi Demetra. Elindeki gri tülü bırakıp gizli dolabını açtı ve içinden parlak zümrüt yeşili, ışıkta farklı renklere bürünen bir kumaş çıkardı.

"Çok güzel," dedi Zoe kumaşa dokunurken. "Bu ne için?"

"Bir şey için değil," dedi Demetra. Temizlik yaparken bulduğum bir parça bu. Eylül ayı gelmeden ortalığa çeki düzen vermek gerekiyor, biliyorsun. Kim bilir nereden kalmış. Açıkçası benim yaptığım bir kostümün parçası mı, yoksa eski çağlardan beri dolap mı bekliyor, bilemiyorum. Ne yapacağımı bilemedim. Belki de sene sonu için elbise yaparım kendime, ne dersin?"

Zoe, Demetra'nın biraz kilolu, büyük göğüslü ve büyük kalçalı bir kadın olduğunu düşündü ve elbisenin üzerinde nasıl duracağını bilemedi ama alınmasın diye terziye bir şey demedi. Sadece sessiz kalıp yalan söylemek de hoşuna gitmedi, o yüzden etrafına bakıp konuyu değiştirecek bir malzeme aradı. "Peki, şu ne?" derken gözü uzun bir tüle takıldı. Bu üstü beyaz saten, etek kısmı beyaz ve mavi renkte, neredeyse tamamlanmış bir kostümdü. Aslında saçma bir soru olmuştu çünkü cevabı az çok biliyordu.

"Mara Simone'nin bir sonraki kostümü bu. Ne dersin, güzel olmuş mu? Beyaz ayakkabıları ve başında da mavi kristallerle süslü bir tacı olacak. Gerçek kristaller, plastik değil."

"Provası yapıldı mı?"

"Tabii. Görsen, üzerine tam oturdu. Sanki üzerinde dikmişim gibi oldu. Kızın beli çok ince..."

Zoe, Akademi'nin yıldızının "kız" diye nitelenmesine şaşırmıştı. Demetra bütün öğrencileri tanıyordu ve kızlar onun için hiç büyümezdi, böyle demesi doğaldı. Sonuçta o da bir zamanlar genç bir kızdı. Acaba hep böyle toparlak mıydı yoksa o da bir balerin gibi ince miydi?

Zoe soruyu sormaktan vazgeçti, en azından şimdilik. Belki de ilerde, havanın erken karardığı bir akşam saati, Demetra tavandaki floresanlardan hoşlanmadığından sadece tezgahının tepesindeki aşırı kuvvetli lambasını yakıp çalışırken, o karanlık ve tütülerin yarattığı sessizlikte, işte o zaman her türlü soruyu sorabilirdi.

"Sende bir gariplik var. Okulun ilk günü fark ettim ama yalnız kalamadığımız için söyleyemedim. İmkansız olduğunu bilmesem saçlarını kestirmişsin diyeceğim. Yani öyle bir değişiklik, insanı komple değiştiren türden."

İşte cevap oradaydı ama soruyu sorduğu için şimdi cevabı beklemek zorundaydı. *Aptal, aptal,* dedi kendi kendine, *cevabı kendin de bulabilirdin*. Saçlarını nasıl kestirsin, saçlarını toplayamaz ki o zaman. Kilo almış. Eskiden çok zayıf olduğundan şimdi mükemmel olmuş, bir balerinin olması gerektiği kadar ince ama sağlıklı, gözleri parlayan, saçları ışıldayan bir insan.

"Doğru anlamışsın," dedi Aliai. "Beş kilo aldım. Nasıl olduğunu sorma, ben de bilmiyorum. Denize gittiğimizde hep acıkıyordum, abur cuburla beslenmemeye çalıştım ama yine de... Şimdi o his geçti, hem de tam zamanında. Yani yemek yemeye devam ediyorum ama, işte öyle..."

"Anladım, daha fazla açıklama yapmana gerek yok," diye durdurdu kızı Zoe. Aliai için yemek konusu hala biraz sıkıntılıydı. Bir ara yemek yemeyi tamamen kesmiş, hasta olmuş, sonra tekrar normale dönmek için oldukça çaba sarf etmişti. Şimdi onu bu kadar hayat dolu görmek çok güzeldi.

Soyunma odasında en sona onlar kalmıştı. Diletta çıkarken Leda ile otobüse bineceğini söylemiş, Leda önce itiraz eder gibi olmuş sonra kabul etmişti. Bravo Leda. Belki de güneş çıktığından olacak Zoe kendini çok tembel hissediyordu, hiç koşturası yoktu. Zaten havalar erken kararmaya başladığında tek arzusu bir an önce eve ulaşıp ayakkabılarını çıkarmak ve kendini koltuğa atmak olacaktı. Şimdi ise geceler uzun ve ılıktı, tadını çıkarmak gerekiyordu. Aliai de aynı fikirde olacaktı ki diğerlerine yetişmek için acele etmiyordu.

"Okul başladığı için memnunum," dedi Aliai uzun saçlarını aynanın önünde tararken. "Çok garip bir yaz oldu. Özellikle de şu beslenme meselesi, yemek yemenin bu kadar keyif verebileceğini düşünmezdim. Ayrıca bir sürü kitap okudum ve bol bol düşündüm. Burada gerçekten iyi olduğumu düşündüm, elimdeki her şeyi bir saplantı uğruna riske attığımı anladım. Şimdi geriye bakınca sanki o zamanlar benim yerimde bana çok benzeyen ama, nasıl desem, benden biraz daha aptal biri varmış gibi geliyor."

Zoe güldü, sonra ciddileşti. "Aptal değildin, sadece biraz hassastın."

"Evet ama balerin olmak güçlü olmayı gerektirir değil mi? Gimenez'e bak, Madam..."

"Mara Simone öyle değil mesela," dedi Zoe, Demetra ile yaptıkları muhabbeti ve okulun yıldızıyla karşılaşmalarını hatırlayarak. "Yani o sert ve güçlü bir insan etkisi yaratmıyor..."

"Demir gibi o kız, ben sana söyleyeyim, demir. Belki biraz ince bir demir ama olsun. Hani Calder'in karakterleri vardır ya, edebiyat kitabında vardı, hatırladın mı?"

"Evet, tabii."

"İşte öyle bir şey."

"Demir kız, o zaman şu taranma işini bitir de, evimize gidelim, ne dersin? Biraz güneşleniriz."

"Ama yürüyerek gidelim, olur mu?"

"Yürüyerek mi? Kaç kilometre o yol, haberin var mı senin?"

"Evet de yarına sınav da yok, biraz birlikte vakit geçirelim, ne olur?"

Zoe kabul etti ve mesaj atıp annesine geç kalacağını haber verdi. Yolun ilk kısmında bir sürü vitrin vardı. Belki de tahmin ettiğinden de geç kalacaktı.

kullanılan baloncuklu naylon ambalaj sarkıyordu. Zoe yatağına oturup operasyona devam etti. Kutunun içinden tepesi mantar bir tıpayla kapatılmış ve içinde bir kağıt olan küçük bir şişe çıktı. Kağıt rulo yapılarak şişeye yerleştirilmişti ve balmumundan bir damga ile mühürlenmişti. Bir hazine haritası olabilir miydi? Belki de. Şişe içinde bir mektup olduğu kesindi. Alexis'le aralarında deniz yoktu ama bol bol mesafe vardı. Stajdan döndükten sonra birkaç defa mesajlaşmışlardı. Sonra Zoe üzerinde şahane bir plaj resmi olan bir kartpostal aldı ve iletişimleri kesildi.

Zoe şişenin tıpasını çıkardı -plop sesi çok kuvvetli değildi ama büyük şişelerinkine benziyordu en azından- ve kağıdı şişenin dar boğazından geçirerek eline aldı. Dikkatle mührü açarken parmaklarına balmumu yapıştı.

Kağıt, küçük bir parşomen kağıdıydı ve şişeyle göndermeye çok uygundu. İçinde şöyle yazıyordu: *Çok uzaklardan sana geliyorum, sensiz bir perişan olduğumu söylemeye, Alexis.*

Zoe gülümsedi, mektubu kıvırıp şişeye yerleştirdi. Biraz düşündü ve her şeye baştan başladı.

Oğlan o kadar basit kelimeler kullanmıştı ki Leda görse çok şaşırırdı. İçinde "aşkım" ya da "öpücük" kelimeleri bir defa dahi olsa geçmiyordu. Hatta "seni özledim" tarzı saçmalıklar da yoktu. O kadar yalın, özgün ve yaratıcıydı ki, Zoe mektubu kimseye göstermeme kararı aldı. Hayatta öyle şeyler vardı ki gizli kalmalıydı, en iyi arkadaşlara ya da annelere dahi söylenmemelilerdi. Mesela bu mektup gibi, yani en azından bir süreliğine.

Kapı çalındı. "Kim o?" dedi Zoe ve elindekileri yastığın altına itti.

"Benim," diye cevap verdi Diletta. "İçeri girebilir miyim?"

"Tabii," dedi Zoe ve bacak bacak üstüne atarak kayıtsız görünmeye çalıştı.

"Coğrafya ödevini doğru anlayıp anlamadığımı kontrol etmek için geldim," dedi Diletta girer girmez. Üzeri papatyalı bir defter çıkardı.

"Aslında çok da anlayacak bir şey yok. Tek yapman gereken öğretmenin tahtaya yazdığı notları temize çekip vermek. Öğretmen aynı şeyi kopya etmenin öğrenmede çok etkili bir yöntem olduğuna inanıyor. Bence bir işe yaramıyor ama olsun."

"Hımm, o zaman doğru yapmışım. O paketin içinde ne var?"

"Bana gelen bir şey," dedi Zoe.

"Haydi ama!" dedi Diletta. "Bana söylemeyecek misin?"

"Hayır, söylemeyeceğim," dedi ve birden bir samimiyet krizi yaşadı. "Dinle Diletta. Ben zaten senin varlığını kabullenmekte zorlanırken sen işleri kolaylaştırmıyorsun. Sana yardım ediyorum. Okula beraber gidip dönüyoruz. Hepsini anladık."

"Evet ama sen bugün Aliai ile takıldın. Bu arada, ne biçim bir isim o öyle?"

"Onu kendisine sorarsın, bırak da bitireyim. Hatta dur bir nefes alayım," dedi ve hemen pişman oldu. Ona karşı çok sert olduğundan ve Diletta'nın birdenbire çözülüp ümitsizce ağlamaya başlamasından, hıçkıra hıçkıra bütün yalnızlığının acısını onun omzunda çıkarmasından korkuyordu. Ama öyle olmadı. "Tamam, tamam, sırrını paylaşacak birine ihtiyaç duyduğunu düşünmüştüm. Ben evde, arkadaşım Lella'ya her şeyimi anlatırdım," dedi ve kapıyı kapatıp odadan çıktı.

Çok garipsin, diye düşündü Zoe. *Seni anlayamıyorum.* Ama o sırada bunlar önemli değildi. Elini yastığın altına sokup ışıkta içindeki mektuba baktı. Ona, sadece ona ait olan mektuba.

*

Ertesi gün ders arasında Zoe sınıfta bir ödevi ajandasına yazmak için acele ediyordu. Yazmazsa unutacaktı ama yalnız değildi. Kantinden aldığı sandviçle içeri dalan Paola sordu: "Paylaşalım mı?"

Zoe tam hayır demeye hazırlanırken kızın kendisiyle konuşmadığını fark etti. Sınıfın öbür ucundan Jonathan cevap verdi. "Tamam, hepsini bitirme, hemen geliyorum," dedi ve sıranın altına aceleyle bir şeyler sokuşturdu.

Paola ve Jonathan mı? *Ne garip*, diye düşündü Zoe ve kalbinin derinliklerinde minik bir çıtırtı duydu. Neydi bu, kıskançlık mı? Haydi canım! Kıskançlıktan en fazla nefret eden Zoe bu duygunun kurbanı mı olacaktı? Ne için, paylaşılan saçma bir sandviç için mi?

Jonathan onun yanından geçti, sırasına sürtündü, gözlerinin içine bakıp gülümsedi. Her zamanki gibi nazik ve dikkatliydi. Ama onu geçip devam etti ve koridora çıktı. Görüntüsü buzlu camın öbür tarafından yokoldu. O ve Paola ders arasında beraber mi takılıyorlardı? Neden bahsediyorlardı? Nelere gülüyorlardı? Bir sandviçin bu kadar derin anlamları olabilir miydi?

Tam o da dışarı çıkmak üzereyken Leda geldi. Aslında Zoe'yi yerinden kaldıran merak değil, bacaklarını esnetme arzusuydu. Ama Leda ona doğru koştu ve, "Paola Jonathan'ı senden çalmaya çalışıyor," dedi. "Oğlana nasıl baktığını görmen lazım, sanki yemek ister gibi..."

"Peki Jonathan?" diye sordu Zoe.

"Jonathan ne?"

"O da Paola'yı yemek istiyor mu?"

Leda güldü. "Şimdilik onun zevkle ikiye böldüğü sandviçle yetiniyor ama bu işler belli olmaz. Paola güzel kız. Yani oğlan sahte sarışınlardan hoşlanıyorsa tabii... Senin umurunda mı ki?"

"Yok canım," dedi Zoe, sarsılmış görünüyordu.

"Tabii ama çocuk senindi. Sen oturup da bizim yaşımızda arkadaşlığın aşktan daha önemli olduğunu falan söyleyene kadar öyleydi en azından. Yani bir işe yaradı mı o muhabbet? Sence de biraz fazla arkadaş değil misiniz?" Leda arkadaş kelimesini alaycı bir tonla söyledi. "Sonuçta, düşününce artık siz pek görüşmüyorsunuz değil mi?"

Zoe'nin bir yolunu bulup mutlaka lafı değiştirmesi gerekiyordu. Kıza çok sevdiği bir konu paslayacaktı, Laila'yı.

"Halbuki Laila, Lucas'la görüşüyor," diye atıldı sırf arkadaşını kışkırtmak için.

"Saçmalık. Doğru olan tek şey o kızın değiştiği. Hoşuma bile gitmeye başladı desem yeridir. Ayrıca yapmacıklık konusunda bayrağı devredebileceği biri de var artık… Sanırım kimden bahsettiğimi anladın."

"Diletta'yla uğraşma. Onun ortama alışması lazım. Nasıl davranacağını bilemediği için garip davranıyor ve yalnız kalıyor. Evde beni sinir etmekten başka yaptığı bir şey yok."

"Sen bir de burada gör. İki dakika önce okulunun ne kadar güzel olduğundan, Akademi'den tiyatro salonu hariç hiçbir eksiği olmadığından bahsedip duruyordu. Bence o bir tiyatro salonuna hiç adım atmamış, ne bir oyuncu ne de bir izleyici olarak. Muhtemelen çok fonksiyonlu bir sinema salonun koltuklarını aşındırıp durmuştur. Çok fonksiyonlu, ne çirkin bir laf…"

Sonuçta Laila ve Lucas'ın görüştükleri doğruydu, çocuk Leda'ya kendisi söylemişti. Bir akşamüstü sinemaya bile gitmişlerdi. İşin garip tarafıysa gözlerini bir an olsun Lucas'tan ayırmayan Leda'nın bunu farketmemiş olmasıydı. Belki de oğlan Leda'nın göz hapsinden kurtulmak için o efsanevi kılık değiştirme taktiklerini uygulamıştı...

Aptalsın, aptal, dedi Zoe kendi kendine. *Sonuçta sen de diğerleri gibisin işte, şüpheleniyorsun, ima ediyorsun ve sonuçta her şeyi uyduruyorsun. Onları rahat bırak.*

Nihayet ders zili çaldı ve çocuklar gruplar halinde içeri girdi. Jonathan yine onun yanından geçti ve ona arkasında başka bir anlam olmadığı çok bariz bir gülücük yolladı. Paola da sırasına oturmadan ona yan yan baktı. Sanki alarma geçmiş ya da utanmış gibi duruyordu ama Zoe'nin kendini deşifre etmeye niyeti yoktu. Ortam biraz o basit, izleyenin bütün mekanizmaları anlayıverdiği casus filmlerine benziyordu.

Aslında bu benzetme yanlış, diye düşündü Zoe. İnsan mekanizmaları anlarsa işin nasıl sonuçlanacağını da bilebilir. Burada ise hiçbir şey anlaşılmıyor.

Laila birden onun önünde belirip bu gri bulutları dağıttı. "Momixlerin bir videosunu gördüm," diye fısıldadı. "Çok başarılılar."

"Sen *Angels*'ı izlemeye gelmedin mi? Hani Lucas dans etmişti."

"Gelemedim," dedi Laila üzüntüyle. "Annem onların sadece akrobat olduğunu söylüyor ama ben onları çok seviyorum. Sence büyüyünce Momix olabilir miyim?"

"Olamaz, bir tane daha!" dedi Zoe ve Laila'nın yüzü hemen düştü. "Canım, dalga geçiyorum," dedi Zoe aceleyle. "Yani bilmiyorum gerçekten. Biraz tür değiştirmen gerekebilir..."

"Çok geç olduğunu düşünmüyorum," dedi Laila ve hemen sırasına kaçtı çünkü İngilizce öğretmeni çoktan gelmiş ve sorulara başlamıştı: "How are you today, boys and girls?"

Bu adam ve onun öğrettiği lisanda konuşma takıntısı yok muydu... Aslında düşününce bu adam sayesinde Alexis'le hiç sorun yaşamadan konuşabiliyordu Zoe. Öğretmene büyük bir gülücük fırlattı ve cevap verdi. "Fine, thank you sir. And you?" dedi kendini inanılmaz bir şekilde uluslararası hissederek.

Otobüsle eve dönerken "Bugün Momix'ten bahsettiğini duydum," dedi Diletta.

"Evet, biliyor musun onları?"

"Tabii ama okuduklarımdan. Canlı izleme şansım olmadı. Onlar gibi büyük bir kumpanya bizim

ufak kasabamıza gelmez," dedi Diletta ve iç çekti. "Bizim kasabadaki büyük olay Kirov Balesinin gelmesiydi."

"Leningrad'dan," dedi Zoe. "Madam Olenska da Leningrad'da okumuş, yani St. Petersburg."

"Gerçekten mi? Onların *Sylphide*'sini izledim, çok güzeldi. O balerinler bembeyaz ve tüy gibi hafiftiler…"

"Çok hüzünlü bir oyun," dedi Zoe. Oyunu birkaç yıl önce Akademi'de görmüştü.

"Kötü bitiyor diye mi yani? En azından bir masala benzemiyor. Ayrıca cadının elinde tutsak olmak oğlanın işine geliyor, o kadar egoist ki kızı elde edemeyince ölmesine göz yumuyor… Neyse olay bu değil. Sevinçli, hüzünlü, ne fark eder? Sırtında kanatlarıyla o ismi zor okunan balerini gördüğümde ne kadar hafif olduğunu düşündüm. Sanki sürekli daha yükseğe uçuyormuş gibiydi, sanki başka bir dünyadan gelmiş gibi. Annemleri ertesi gün de gelip izlemeye ikna etmiştim. Sonra bir daha izleyemedik çünkü kumpanyanın sadece iki gösterisi vardı. İşte ben o anda balerin olmaya karar verdim ve bitti."

"Güzel hikayeymiş," dedi Zoe samimi bir şekilde.

"Evet, güzel. *Sylphide* sayesinde buradayım."

Zoe susup düşünmeye başladı. Diletta gerçekten özgün bir ses, derin, güçlü ve yorulmayan biriydi. Zoe ona alıcı gözle baktı. koyu renk gözleri ve uzun kirpikleriyle bu kız bir an hoşuna gitti. Mümkün müydü bu?

Zoe'nin başka endişeleri vardı. Akşam aklında bir soru işareti belirdi ve bunun için babasından yardım alması şarttı. Eve geldiğinde onu kapıda karşıladı, babasına sarıldı ve ikna edici bir şekilde sordu: "Baba, gençken bir kıza bir şey anlatmak istediğinde hemen söyler miydin yoksa ona dolaylı yoldan anlatmaya mı çalışırdın?"

Babası anlayamadığından mırıldanmaya başladı: "Soruyu tekrar... tekrar alabilir miyim?"

Zoe soruyu tekrarladı. Baba bu sefer gülümsedi, kızını koltuğa doğru çekip oturttu. "Sanırım kızlarla erkekler arasındaki kodlardan bahsediyorsun."

"Evet, sanırım," dedi Zoe omuzlarını kaldırarak.

"Ve erkeklerin de kızlar gibi dolaylı mı, yoksa daha basit ve doğrudan mı olduklarını merak ediyorsun değil mi?"

"Aşağı yukarı," dedi Zoe.

"Endişelenme, bir erkek bir kızın yaratabileceği türlü türlü çarpıklığı yaratma kapasitesine sahip değildir. Sana bir örnek vereyim. Ben annene onu Çin lokantasına götürmek istediğimi söylüyorum. O istemiyor, iki akşam önce arkadaşlarıyla zaten gitmiş ama ben bunu bilmiyorum çünkü burada değildim ve dönünce ona ne yaptın diye sormadım. Böylece bana sadece *istemiyorum, başka bir şey yapalım* demektense bu aralar kızartmaların ona iyi gelmediğinden, yeni açılan bir Tayland restoranı duyduğundan, hem daha yakın olduğu için yürüyerek de gidebileceğimizden bahsediyor da bahsediyor..."

"İyi de, sen elmalarla armutları birbirine karıştırdın," dedi Zoe.

"Ben...ne demek istedin anlamadım," dedi babası şaşkınlıkla.

"Anlatması uzun ama teşekkür ederim," dedi Zoe. Babasına bir öpücük verip odasına gitti. Akşam geç saatte aynı soruyu annesine sordu ama ona bütün hikayeyi, Paola ve ikiye bölünmüş sandviçi de anlattı.

"Sen şimdi bu sandviçin bir mesaj olup olmadığını merak ediyorsun değil mi?" dedi annesi. "Mesaj tabii ki. Paola, Jonathan'dan hoşlanıyor anlamına geliyor."

"Bu kadar mı? Yani Jonathan ne hissediyor onu öğrenemiyor muyum?"

"Sanırım ikisi de o sandviçlerden hoşlanıyor. Özellikle de kantinde sıraya girip almak gerekmediğinde."

Birlikte güldüler. "Anne, bana cevap vermedin," dedi Zoe bir süre sonra.

"Neden bilmek istiyorsun bakalım? Benim son bildiğim sizin birbirinize düşünmek için zaman verdiğiniz."

"Evet ama ben onunla görüşmek istiyorum, arkadaş olarak yani."

"O zaman git ona söyle, bana değil. Çarpıtılmış kadın tavırları sergileme."

"Ne garip, babam da aynı kelimeyi kullandı."

"Çünkü bir genelleme bu, erkekler çok sever böyle şeyleri. Onlar için bütün kadınlar gerçekten karmaşıktır."

"Peki, sen ne düşünüyorsun?"

"Bence erkekler fazla basit. Genç oğlanlar yetişkinlerden daha da basit. Yani yaşları ilerledikçe bizden bir şeyler öğrenir bunlar..."

"O zaman deşifre edecek bir şey yok mu yani?"

"Yok, yorumlamak gereken şeyler var ki bu da çok farklı."

"Nasıl yani?"

"Hepsini benden öğrenmeni istemem... Kendin keşfetmelisin. Ayrıca faydalı ve çok eğlenceli bir süreç bu."

Akşam geç saatte Diletta mucizevi bir şekilde Marta ile izlediği çizgi filme daldığında Zoe odasında oturup bu sürecin çok da eğlenceli olmadığını düşündü. Her şeyi bilip anlamayı çok isterdi ama muhtemelen bunun için kristal bir küre gerekiyordu. *Ne komik olurdu*, diye düşündü, kafasında eşarp, bir kürenin üzerinde Jonathan'ın Paola ile elele yürüdüğünü görüyor, Lucas, Laila'ya bir demet çiçek götürüyor ve biri de gülümseyerek ona doğru koşuyordu. Biri ama kim?

Aslında her şeyi bilmemek, yavaş yavaş öğrenmek, şaşırmak en iyisiydi. Hayal görmek mi? Olabilirdi. Olurdu bazen. Bazı şeyler oldurulabilirdi, oturup da birilerinin karar vermesini beklemeye gerek yoktu. Ne gibi? Bunun gibi.

Telefonu alıp Jonathan'ı aradı. Oğlan telefonu açtı. "Selam, ben Zoe, nasılsın?"

"İyiyim. Kardeşime matematik çalıştırıyorum. Bazen kafası hiç basmıyor. Senden ne haber?"

"Ben bir şey yapmıyorum. Aslında düşünüyorum. Mesela cumartesi günü seninle sinemaya gitmeyi düşünüyorum. Ne dersin? Laila, Leda, Lucas... Ne bileyim. *Howl Kalesi* gelmiş. Ne dersin?"

"Çok isterim. Tamam o zaman, Lucas'ı ben ararım, sen kızları hallet. Okulda konuşuruz. İyi geceler Zoe."

"İyi geceler Jonathan."

İkisi de kapatmadı. Jonathan öksürdü. "Ya, şey, aradığın iyi oldu. Sinema fikri de hoşuma gitti."

"Benim de," dedi Zoe. "Tekrar iyi geceler."

"Sana da."

Bu sefer telefonlar kapandı. İşte bu kadar kolaydı. İstediği bir şeydi, ona bağlıydı, yaptı ve bitti. Jonathan davete Paola'yı da eklemek istemedi.

Biri kapıyı çaldı. O daha "girin" demeden kapı açıldı. Bilin bakalım kimdi?

"Sana iyi geceler demeye geldim," dedi Diletta pijamalarıyla.

"Ne kadar naziksin," dedi Zoe ve başka bir şey demedi.

"İyi geceler o zaman."

"İyi geceler."

Kapı kapandı ve Zoe'nin aklında korkunç bir soru dolanmaya başladı. Acaba Diletta'yı davet etmeli miydi? Eğer davet ederse bütün bir günü berbat etme riski var mıydı? İkilem. Diletta. İkilem.

Sonuçta onu da davet etti ama neyse ki film her şeyi halletti. Diletta daha önce böyle bir "çizgi film" izlememişti. Film Disney'inkilerden çok farklıydı ve "şu yeni yönetmen, adını hatırlayamadım, neydi" gerçekten çok başarılıydı. Yakındaki bir fast-food restoranına girerken Diletta bunları tekrar edip duruyordu. Terbiyeli bir insan olan Jonathan ona bunun bir çizgi film değil de animasyon olduğunu, Miyazaki'nin de yeni bir yönetmen değil yaşlı ve *Heidi* gibi daha önceki işleriyle tanınmış bir sinemacı olduğunu anlattı. Heidi adını duyan Diletta kendini kaybetti, Heidi'nin en sevdiği kahraman olduğunu, kasetlerini satın aldırıp her bölümü defalarca izlediğini ama çok izlemekten bir süre sonra kasetlerin bozulup renklerin birbirine girdiğini anlatmaya başladı. Tam o anda kendini Leda'nın kucağında buldu çünkü o da bu dağ kızının hayranıydı. İkisi hararetli bir tartışmaya başladılar ve filmin repliklerini ezberden söyleyerek -sanki dublajını kendileri yapmış gibi bütün diyalogları ezbere biliyorlardı- farklı bölümlerdeki maceralar hakkında fikir alışverişinde bulundular.

Restorandayken hiç susmayan Diletta iki duble hamburgeri, inanılması güç miktarda patates kızartmasını tüketti. Öyle ki patatesler ilk geldiğinde sıcak olduğundan herkes saldırmış ama sonrasında soğuyunca yarısı kalmıştı. Diletta ise bu kalanları da mideye yuvarlamıştı.

"Mideni bozmasınlar sakın?" diye atladı Jonathan bir süre sonra.

"Hızlı bir metabolizmam var," diye cevapladı Diletta. "Yiyorum, yakıyorum, yiyorum, yakıyorum."

"Belli, konuşma hızından anlaşılıyor zaten," dedi Lucas.

Herkesin donduğu andı bu. Aslında bir espriydi ama Diletta espri anlayışından yoksun olduğu için sorun oluyordu. Laila inceden bir kahkaha attı, herkes ona bakıp gülmeye başladı, sonunda Diletta da gülünce buzlar çözüldü. Dönüş yolunda ise hiç konuşmadı. Herkes dağılıp Zoe ile baş başa kaldıklarında bile ağzını bıçak açmıyordu. Eve varmak

üzereyken içinde bulunduğu trans halinden çıktı. "Arkadaşların çok sağlam. Beni sinemaya götürdüğün için teşekkür ederim."

"Ne demek!" dedi Zoe. Biraz samimiyetsizdi çünkü bu davet onun kendi iç çekişmelerini tetiklemişti.

"Buna mecbur değildin sonuçta," dedi Diletta.

"Hayır, değildim," dedi Zoe.

"Ama yine de yaptın ve sayende çok eğlendim," dedi Diletta. Sonra uzunca bir sessizlik oldu. "Bazen çok zorlayıcı oluyorum, farkındayım, kusuruma bakma. Benim huyum da bu işte. Evde de böyleyim ama burada her şey yeni ve değişik olduğu için ayarlarım bozuluyor, abartıyorum. Benim yerimde başkası olsa sessiz sakin, çekingen biri olurdu belki. Bense böyle tepki veriyorum. Ama sen iyisin, çok sabırlı davranıyorsun."

Zoe bir şey söyleyemedi çünkü kendisiyle ilgili o son tasvirleri hiç anlayamamıştı. İyi ve sabırlı mıydı? Hiç de değildi ama Diletta ile bunu tartışmaya gerek yoktu. Sadece kafa sallamakla yetindi ve kapıyı açtı.

"Bir yetişkin gibi evin anahtarını mı verdiler sana?" dedi Diletta şaşırarak. "İyiymiş!"

"Ama normal bu. Hafta içi pek kullanmıyorum, kapıcı var ve kapı saat sekize kadar açık."

"Bir yetişkin gibi yani," dedi Diletta sevinç ve hayranlıkla. "Büyüksün Zoe!"

Zoe kendini teslim olmuş hissetti. Diletta için de doğru tanımı bulmuştu: O, insanları teslim alıyordu.

Zoe, o gece uyumadan önce salondaki koltukta oturup kitap okuyan ve gevezelik eden, bir yandan da büyük bir kutu çikolatayı mideye indiren anne ve babasına iyi geceler dilemeye gitti. Ama birden durdu, ondan bahsediyorlardı.

"Sanırım işler iyiye gidiyor," dedi babası. "Yerinde olsam endişelenmezdim. Zoe yolunu bulur. Kafayı Diletta'ya takacak kadar aptal değil."

"Evet ama biz gerçekten biraz aceleci davrandık," dedi annesi.

"Düşünecek zaman yoktu hatırlarsan."

"Evet ama dikkatli olmak gerek. İnsan bazen başkalarına iyilik yapmaya çalışırken en yakınındakine zarar verebiliyor."

"Zarar mı? Büyütme ama sen de. Zoe de kardeşleri gibi, biraz fazla şımartıldı. Bir şeye evet diyorlarsa hep kendileri için iyi olmasını bekliyorlar. Sonuçta Diletta'yla odasını paylaşmasını istemedik ondan. Onun alanına kimse dokunmadı."

"Yani, bu tam olarak doğru değil. Mesela bugün pek de seçim şansı yoktu. Dışarı çıkıyordu ve Diletta'yı da davet etmek zorunda kaldı."

"Emin ol istemese yapmazdı, bizimle karşı karşıya gelme pahasına da olsa. Bu yüzden iyiye gidiyor diyorum. Kimse onların arkadaş olmasını beklemiyor. Birlikte yaşamayı öğrensinler yeter. Bazen Diletta için üzülüyorum. Sanki sürekli dikkat çekmeye çalışıyormuş gibi görünüyor."

"Ama onların yaşında bu normal değil mi?"

"Değil, kimisi çok daha kendi başınadır. Zoe o kadar sakin ki bazen onun bir ergen olduğunu dahi unutuyorum."

"Çünkü Sara ikisi için de çalışıyor..."

Bu sırada Zoe odasına döndü, odasının kapısını büyük bir gürültüyle açtı, sonra salona döndü.

"Ben yatıyorum," dedi. "İyi geceler. Sizi seviyorum." Hemen odasına döndü ki surat ifadesinden konuşulanları duyduğunu anlamasınlar. Birileri sizden bahsederken hep böyle olurdu. Sizin pek de aşina olmadığınız bir resim çizerlerdi. İçerden sizin gördüğünüzle dışarıdan onların gördüğü farklıydı. Ve bu iki farklı görünüm birbiriyle kesişmeyince insanın kendini biraz kaybolmuş hissetmesi doğaldı.

Zoe aynaya baktı. Kimsin sen? Nesin? Soru havada öylece kalakaldı, cevap yoktu.

PEKİ BU SANAT MI?

"Şu Laila çok sempatik bir kız."

"Abartıyor olma? Hep heyecanlısın bu konularda. Biraz temkinli yaklaş."

"Hayır canım, sana güveniyorum. Sen onunla arkadaş olabiliyorsan ben de olabilirim."

"İyi de, bu bir ev ödevi değil. Kahramanlık hikayesi de değil, doktor tavsiyesi de."

"Amma yaptın. Sanırım doğru ifade edemedim. Geçen akşam siz çıktıktan sonra biz bir süre beraber eve yürüdük. Bana elde yaptığı eşyalardan bahsetti, odasında içinde kumaşlar, düğmeler ve buna benzer şeylerle dolu bir sürü kutu varmış. Bunlarla çeşitli kolajlar, bez bebekler yapıyormuş. Eğer istersem gösterebileceğini söyledi."

"Yani seni evine mi davet etti? İşte bu dünyada bir ilk olacak…"

"Evet, çok şanslıyım. Yarın akşamüstü onun evine gidiyorum. Bana izin veriyor musun?"

"Tabii ama her şeyi en ince ayrıntısına kadar anlatmak kaydıyla."

Zoe, Leda'nın bu yeni Laila'ya alışmasının kolay olacağını biliyordu. Bu kadar kolaydı yani. Sonuçta sadece on dakika boyunca konuştular ve Zoe'nin tek yaptığı Laila'nın anlattıklarını anlatmak oldu. Bu ilginç bir gelişmeydi ve Zoe bundan sonra işlerin nasıl gelişeceğini merak ediyordu.

"Senin Diletta da fena değil," diye ekledi Leda. Ders arasında okulun bahçesindeki banklardan birine oturmuş sonbaharın son güneşli günlerinden birinin tadını çıkarıyorlardı.

"O benim Diletta'm değil."

"Peki ama iyi kız. Sonuçta makine gibi konuşuyor ve muhtemelen bir süre sonra can sıkıcı bir hale geliyordur ama yine de eğlenceli biri. Yani Heidi'ye o kadar hayranlık beslemiş ama yaratıcısının kim olduğunu dahi bilmiyor."

"Onunla iyi anlaşmaya karar verdim ben."

"Aferin. Çok olgun ve bilgece bir hareket."

"Bir de dalga geçiyorsun yani."

"Hayır çok ciddiyim, baksana..."

Birden gülmeye başladılar ve kahkahaları çalan zile karıştı. Ciddi olup derse dönme zamanıydı.

Akşamüstü dans dersinde Kaj Öğretmen yerel halk danslarından bahsediyordu. Çocuklara dünyanın hemen her bölgesinde bu tarz danslar olduğunu ve bunların aynen masallar gibi birbirlerine benzediğini anlatıyordu. Bazıları o kadar benziyordu ki sadece ufak detaylarda ayrışıyorlardı. Sonra öğrencilere hiç yerel dans bilip bilmediklerini sordu. Lucas ve Jonathan öğretmenin el çırpmaları eşliğinde birkaç polka adımı gösterdi. Francine de mazurka dansından birkaç figür yaptı.

"Başka kimse yok mu?" dedi Kaj. Diletta bir adım ileri çıktı, bütün gözler onun üzerindeydi.

"Ben okulda," diye söze başladı gururla, "Tarantella dansını öğrendim. Bu eski bir dans ve bir tarantula tarafından sokulmuş birinin muhtemel hareketlerini taklit ediyor. Tarantula ölümcül bir zehri olan ufak bir örümcek. Tarantella dansçıları genellikle erkek olur ve saatlerce hiç durmadan dansedebilirler. İşte böyle," dedi ve selam verdikten sonra odanın ortasına gelip dans etmeye başladı.

Sizi ısıran ve dans etmenize sebep olan bir örümcek hayal etmek oldukça garipti ve dansın hareketleri bu garip ve telaşlı durumu yumuşatmıştı. Diletta çok seri hareket ediyordu ama hareketleri o kadar uyumluydu ki hiçbir aşırılık yoktu. Ayakları çok hızlıydı. Bu dans çocukların okulda öğrendikleri tekniklere hiç benzemiyordu. Polka, Mazurke ve bazı saray danslarını tanıyorlardı. Ama belli ki Tarantella ile tanışmamışlardı. İzlemesi keyifli, çok yüksek tempolu, rahatlatıcı bir danstı. Birdenbire birinin el çırpmaya başlamasıyla dans da başlamış oluyordu ve diğerlerinin tek yapması gereken tempoyu tutturmaktı. *Acaba böyle bir dansa ne tarz enstrümanlar eşlik ediyordur,* diye düşündü Zoe. Muhtemelen tamburlar, ziller ve benzeri basit çalgılar kullanılıyordu.

Diletta dansı bitirdi, tekrar selam verip yerine döndü. Büyük bir çabayla nefesini kontrol altına almaya çalıştı.

"Bravo," dedi Kaj Öğretmen. Kafa sallayarak onayladı. "Bir sonraki derse size Tarantella müziği örnekleri getireceğim. Özellikle romantik dönemde pek çok besteci bu dansa uygun parçalar besteledi çünkü o dönemde insanların köklerini ve halk kültürünü keşfetmesi moda olmuştu. Dağılabilirsiniz."

Soyunma odasında Francine, Zoe'nin kulağına eğildi.

"Örümcek dansıymış. Bence örümcek o kızın ta kendisi. Dansı gördün mü?"

Evet, Diletta'nın ufak tefek ince kolları, uzun bacakları ve koyu renk bir teni vardı ama kesinlikle bir örümceğe benzemiyordu. Zoe, bu zalimce yoruma yanıt vermeyip hiçbir şey olmamış gibi çoraplarını giymeye devam etti. Francine ısrarcıydı. Muhtemelen öğretmenin Diletta'nın dansına ayırdığı zamanı ve ardı ardına sıraladığı övgüleri kıskanıyordu.

"Onun sürekli çevrende olması seni rahatsız ediyor olmalı. Ayrıca o yaptığı bir dans da sayılmaz. Köylü işi bir şey."

"Onu rahat bırak," dedi Zoe. Kalkıp çantasını aldı ve gitti. Neyse ki Diletta çoktan çıkmıştı. Zoe içinde büyüyen korumacılık dürtüsünün farkına vardı. Çok mu lazımdı yani? Ayrıca dış görünüş gerçekten de aldatıcı olabiliyordu galiba. Her şekilde Francine'in çenesini kapalı tutması gerekirdi. Zoe bu olaydan dost düşman ayrımı yapmayan o büyük kan davalarından birinin çıkmaması için dua etti. Kavga gürültü yokken okul ne güzel bir yerdi.

*

"Sonuç?"

"Ne sonucu?"

Zoe, Leda'nın ses tonundan canının sıkkın olduğunu anladı ve ısrar etti. "Laila'la işler nasıl gitti?"

"Haa o mu? Şahane!" dedi Leda ama yalan söylediği çok belliydi.

"Haydi ne oldu? Anlatsana."

"Yani, şey... Hani bir şey vardır, bazı insanlarda vardır, bazılarında da yoktur."

"Bu sorunun bin tane cevabı olabilir. Sabır, şirinlik, çekingenlik."

"Aptal. Bu konu beni biraz utandırıyor. Demek istediğim şey... El becerisi. Elle bir şeyler yapabilme kabiliyeti. Bunun bende olmadığını keşfettim."

"Ne yani, çok mu kötü bir şey bu?"

"E, tabii. Bütün bir öğleden sonrayı pazarda tezgah açsa sadece artıkları ile para kazanabilecek iki tiple geçirirsen kötü oluyor."

"İki mi? Ama sen Laila'nın evine tek başına gitmedin mi?"

"Hayır, Aliai de bizimle geldi. Tam kapıdan çıkıyorduk ki Laila ona gelmek isteyip istemediğini sordu."

"Eee, sonra?"

"Sonra mı? Birlikte annesinin hazırladığı çay ve kurabiyeleri tükettik ve çalışmaya başladık. Laila'nın odası cennet gibi. Sanki şekerci dükkanı. Aslında benim odama benziyor ama daha şey... Daha şey..."

Zoe, Leda'nın odasından daha şey bir odanın neye benzediğini anlamakta güçlük çekiyordu. Kızın odası çeşitli boyutlarda gül goncalarının, dansla ilgili fotoğraf ve ekipmanların, türlü türlü alet oyuncak, kukla, yastık, kalem, bebek ve benzeri ıvır zıvırın olduğu deli kızın çeyiziydi sanki. Ama eğer Leda böyle bir şey söylüyorsa inanmak gerekti.

"Sonra," diye devam etti Leda. "Farklı boyutlarda büyükten küçüğe bir sürü kutu var. Bunların içi düğmeler, tüyler, bez parçaları ve farklı renkte boncuklarla dolu. Önce eline demir bir çubuk aldı, buna bir tül geçirdi, tülü bir jiletle kesti ve büktü. Üzerine tutkalla küçük pembe boncuklar yapıştırıp eteğinin çevresine de kutusundan çıkardığı pembe bir bant iliştirdi... Yani bir tütü yaptı. Bu demir çubuk bir kadın figürüne, bir balerine, dönüştü. Sonra gümüş rengi bir iplik bulup kafasının olması gereken yere bir saç bandı yaptı. Ortaya bir peri, büyülü bir yaratık çıkıverdi..."

"Peki sonra?"

"Sonra bize *haydi şimdi siz deneyin* dedi. İkimize de birer metal iskelet verdi ve istediğimiz malzemeyi kullanarak birer tütü ya da etek yapmamızı istedi. Denedim. Mavi bir tül ve mavi boncuklar seçtim ama sonuç felaket oldu. Her şey iki beden büyük oldu. Tutkallar elime, koluma ve eteğe yapıştı. Laila çok kibar davrandı. Yaptığım şeyi beğendiğini, bundan bir ayıcık yapılabileceğini söyledi. Sonra elimden alıp sağını solunu biraz düzeltti ve gerçekten de bir şeye benzetti."

"Peki Aliai?"

"Hiç sorma. Aliai çok başarılıydı. Laila kadar değil ama benden birkaç bin kat daha başarılı. Balerinine uzun mor bir etek ve altın rengi ipliklerden bir taç yaptı. Tek sorunu tutkalla yaşadı çünkü tutkalı az sürmezsen her tarafa bulaşıyor. Yani bu ikisi ışık hızıyla arkadaş oldular, bense dışarıda kaldım. Ne yeteneksizmişim..."

"Haydi ama," diyerek teselli etmeye çalıştı Zoe. "Senin de yapabildiğin başka şeyler var."

"Ne gibi mesela? Cesaretin varsa sırala. Aliai, Laila'nın evinde biraz daha oturmak istediği için tek başıma dönmek zorunda kaldım. Dönüş yolunda neye yetenekli olduğumu bulmaya çalıştım. Ama listeme tek bir madde bile ekleyemedim. Yemek yapmayı biliyor muyum? Hayır. Kazak örmeyi? Hayır. Resim yapmayı? Hayır. Alt alta bir sürü hayır."

"İyi de, ben de hiçbir şey yapmayı bilmiyorum."

"Sen en azından okulda başarılısın. Ben her seferinde mucize eseri sınıf geçiyorum ve başka hiçbir şeye de yeteneğim yok."

"Peki dans ne olacak?"

"İşte, bir tek o var. Ama bu şekilde uzamaya devam edersem at gibi olacağım."

"Dünyanın en başarılı balerin atı olursun."

"Evet muhtemelen iki metre boyundaki tek balerin olurum. Beni vitrine koyup fuarlarda sergilerler, ne dersin?"

"Haydi gidelim Leda. Metalden bir balerinin seni depresyona soktuğuna inanamıyorum. Seninle geleyim mi?"

"Yok yok, gelme. Tek başıma halledebilirim. Zaten her tarafım yapış yapış. Bu tutkal kıyafetimin her yerine gri lekeler yaptı, nasıl çıkaracağım bilemiyorum. Aman ya, tamam, seni salıveriyorum. Sıkıcı olduğumu biliyorum."

"Emin misin?"

"Eminim. Baktım kurtulamıyorum ararım seni."

Zoe yürümeye başladı ve kendi kendine düşündü: Leda'nın varoluşsal krizleri birden alevlenirdi ama asla çok uzun sürmezdi. Muhtemelen bir şekilde kendinden memnundu. Başka insanları gördüğünde o da bir sürü başka şeye yeteneği olsun istiyordu ama sonuçta sadece kendi olmanın yeteceğini fark ediyordu. Ve boyuyla posuyla kendini kabul ediyordu.

Bu herkese olmazdı. Alia mesela kendini olduğu gibi kabul edemiyordu, daha zayıf olmak istiyordu. Zayıflayabilmek için elinden geleni yapmıştı ve başını belaya sokmuştu. Neyse ki şimdi iyiydi.

Peki ben kendimi kabul edebiliyor muyum, diye sordu kendi kendine. Nedenini bilmiyordu ama önemli bir soru gibi gelmişti. Söz konusu olan sadece aynanın karşısında kendine şirin görünmek değildi. Kabullenmek, aynı zamanda kendini tanımak anlamına da geliyordu. Kendi kapasitesinin ve kendi imkanlarının farkında olmaktı. Risk alabilmek, kendine güvenmek ve sonuca ulaşmaktı. *Sonuçta*, diye düşündü, *dans eğitiminde bu insanın her gün ama her gün karşılaştığı bir durum. Kendime güvenmek zorundayım, buna alıştım.*

Böyle bakınca işin sonu yokmuş gibi görünüyordu. İnsan her seferinde tekrar tekrar kendine güvenmek zorundaydı. Daha da ileri gitmek, bir adım ötesine cesaret edebilmek için. Zoe tanıdığı meşhur balerinleri düşündü, yıldız olmuş, turnelere çıkan, röportajlara ve fotoğraf çekimlerine giden o insanları. *Demek ki hiç bitmiyor*, diye düşündü. *Sürekli yapmak istediğin, yapmak zorunda olduğun şeyleri yaparak bir adım ileri gitmek gerek.* Bu düşünce onu korkutuyordu. Bir de bütün bunların telden yapılmış bir bebekle başladığını düşününce…

Laila ve Aliai'nin o bebek sayesinde arkadaş olmaya başlamaları hoşuna gidiyordu. Zaten isimleri de aynı harflerden oluşuyordu, ne garip. İki "i" yerine iki "a", o kadar.

Birden Laila'yı aradı. "Balerinlerini görmeyi çok isterim," dedi.

"İstersen… İstersen sana bir tane yapayım," dedi kız çekinerek.

"Çok hoşuma gider."

"Ne renk istersin?"

"Yeşil ya da mavi, sen karar ver, nasıl güzel duracaksa."

"Tamam, yarın getiririm."

Metal balerinin kısa yeşil bir eteği ve eteğin üzerinde küçük gül goncaları vardı. Pamuklara sarılmış vaziyette karton bir kutuda duruyordu. "Çok güzel," dedi Zoe Laila'ya. Laila utandı. "Yok canım, önemli bir şey değil, ben yıllardır yapıyorum bunu."

Haydee yanlarından geçti, Zoe'nin omzunun üzerinden baktı ve durdu.

"Çok güzelmiş... Nereden aldın bunu?"

Zoe, Laila'ya baktı ve ondan bir onay, bir baş hareketi bekledi. Sonra, "Satın almadım, Laila yaptı," diye cevap verdi.

Haydee gözlerini kıstı. "Gerçekten mi? Ama bu çok güzel...Hey millet, baksanıza!"

Laila ve Zoe bir anda kendilerini heyecanlı bir kalabalığın içinde buldular. Bu minik bebeği ve onun parlak tütüsünü incelemek isteyen ellerle doldu ortalık. Sonra kalabalık, İngilizce öğretmeninin odasına doğru yok oldu.

"Bunları satıp zengin olabilirsin," dedi Zoe kızın yanından ayrılırken.

"Hediye etmeyi tercih ederim. Herkese değil tabii..."

"Teşekkür ederim," dedi Zoe. Yeşil kırmızı balerininin uyuduğu kutuyu sırasının altına yerleştirdi. Bu hediye yeni filizlenen bir arkadaşlığın habercisi oldu.

DÜNYAYI YUKARIDAN GÖRMEK

"Ne zamandır bize okulda işlerin nasıl gittiğini anlatmıyorsun."

Cumartesi akşamı sofrada Zoe'nin babası aynen böyle söylemişti.

"Bu doğru değil. Diletta'yı ve Kaj Öğretmen'i anlattım."

"Evet ama puantlarından bahsetmiyorsun. İlkbaharda onlar yüzyılın haberi gibiydi." Sara karşısında oturmuş merakla ona bakıyordu. "Yoksa Madam yeterince iyi olmadığınıza karar verip o yumuşak patikleri giymenizi istedi de utancından bize söyleyemiyor musun?"

"Yok canım. Sadece pek bir şey olmadı," dedi Zoe. Herkesin gözünü üzerinde hissediyordu. "Zor. Göründüğünden daha zor. Başlarda her şey kolay görünüyordu ama sonra..."

Gözünün önünden Madam'la yaptığı dersler bir film şeridi gibi geçti. Onun şaşkından dalgına, oradan da rahatsıza uzanan yüz ifadeleri... Gimenez ile anlaşılmaz bakışmaları. Madam Olenska'nın çıkıp "Haydi kızlar, baştan başlıyoruz, herkes bara gelsin, biraz irileşmemiz lazım," demesini bekleyişi. Normalde başka bir durumda olsalar "irileşmemiz" sözüne bayağı bir gülerdi ama bu durumda ciddi olmak zorundaydı çünkü ortada sarf edilen bir emek vardı. Yumuşak patiklerle çok kolay görünen şeyler artık zorlaşmıştı. Alışılmış ya da bariz olan bir şey kalmamıştı. Sanki baştan başlamış gibi her an kuşku içindeydi. Yapabilecek miyim? Becerebilir miyim?

Bu gerginliğe dayanamayıp soyunma odasında ağlayanlar oluyordu. Ağrıyan ayaklarına ağlıyorlar, Gimenez'in aslında hakaret içermeyen ama hazmetmesi zor yorumlarına ağlıyorlar, kendilerini sıfırlanmış, yorulmuş, tükenmiş ve kabiliyetsiz hissettikleri için ağlıyorlardı.

Kimisi de ders bittikten sonra bile kalıp başka dersi yoksa, daha da çalışıyor, deniyor da deniyor, işi gurur meselesi haline getiriyordu. Kendinden emin olana ya da temizlik görevlisi onu kovana kadar denemeye

devam edenler vardı. "Artık geç oldu güzelim, evine git, haydi."

Kafayı Madam'a Gimenez'e ya da dünyaya takanlar da oluyordu. Akademi'nin sert ortamına dayanamayıp hayata küsüyorlardı. Diğer okulların bu kadar sert olmadığını, insanın kanını emmediğini söyleyip duruyorlardı.

Kimisi de Zoe gibi her şeyi içine atıp susuyordu. Sonunda babası gelip bir soru sorunca da ağzı çözülmüş balon gibi boşalıyordu.

"Sonuçta hayat herkes için zor."

Annesi Zoe'ye ciddi bir ifadeyle baktı. "Gidip Madam'la konuşmamız mı lazım?"

"Lütfen, hayır. Size dert yandığımı düşünmesini istemem."

"Anlıyorum ama herkesin ortak bir sorunuysa bu... Belki de birkaç veliyi arayıp ne düşündüklerini sorsam iyi olacak..."

"Sonra ne yapacaksın? Ayaklanma mı başlatacaksın anne?"

"Hayır, belki de siz hazır değildiniz ve Madam Olenska'nın da beklentileri biraz fazla yüksekti. Belki de tekniğinizi geliştirmek için biraz zamana ihtiyacınız var."

"Olay bu değil. Madam bizim yeterince istekli olmadığımızı düşünüyor. Her şeyimizi vermiyormuşuz. Konsantre olsak yapacakmışız çünkü teknik bir problem yokmuş, temellerimiz sağlammış. İstemiyormuşuz, o kadar.

"Peki sen ne düşünüyorsun?"

"Bilmiyorum...gerçekten bilmiyorum," dedi Zoe ve ilk defa gözyaşlarına hakim olamadı. Tek bir gözyaşı, hemen dudağına indi, o da hızla yalanıp damlayı yok etti. Herkes bunu görmemiş gibi yaptı ama bakışlarındaki değişiklik tersini söylüyordu. En çok etkilenen Marta oldu ama güçlü bir çocuk olduğu için hislerini açık etmedi.

"Benim için daha da zor, ben onlardan gerideyim," diye araya girdi Diletta. O ana kadar ağzını açmamıştı. "Ama geçiyor. Herkes çok iyi, çoğu benim eski okulumdakilerden iyi durumda. Sorun Madam Olenska'nın çok ısrarcı olması. Aslında o da bunu bizim iyiliğimiz için yapıyor," dedi ve cesaretlendirmek için Zoe'ye baktı.

"Aslında beni üzen ne biliyor musun? Bütün bunların farkında olmamak," dedi annesi. "Babanın aklına gelip de sormasa bunları hep içinde tutacaktın."

"Konuşunca sorunlar daha küçük görünür," dedi babası. "Etkileri azalır."

Zoe ona bakıp *tabii, evet ama puanta kalkıp Madam'ın X ışınlarını altetmesi gereken sen değilsin*, demek istedi. Zaten erkeksin, nasıl anlayabilirsin ki? Pek çok zaman kızlar kalıp Kaj Öğretmen'le puant çalışırken erkeklerin dışarı eğlenmeye çıktıklarını görüp kıskandığını hatırladı.

Annesi Zoe'nin aklından geçenleri anladı. "Tamam, tamam. Konuyu değiştirelim. Marta, Kaplumbağa'yı okumayı bitirdin mi?"

"Off anne, daha üç sayfam var!"

"Yarına bitirmen lazım, değil mi? Demek ki yemekten sonra birlikte okuyoru..."

"İsterseniz ben onunla seve seve okuyabilirim," dedi Diletta.

"Ben isterim," dedi Marta. Diletta'nın yüksek sesle kitabı okuyacağını ve onun sadece dinleyeceğini, böylece de kitabın biteceğini hayal etti. Okumak onun için tam bir can sıkıntısıydı, bir baş belası.

Yatmadan önce Sara, Zoe'nin yanına gitti. "İyi misin?" diye sordu. "Baleden dolayı bu kadar moralinin bozulduğunu görmemiştim daha önce."

"Bu son hafta oldu her şey. Ve sadece ben değil, herkesin morali bozuk, belki de üzerime alınmamalıyım ama Madam Olenska'nın memnuniyetsizliği hoşuma gitmiyor."

"Neden olduğunu anlamıyorum. Sonuçta o sadece bir öğretmen."

"Hayır."

"Tamam, okul müdürü."

"Daha da fazlası. Onu hayal kırıklığına uğratmak istemiyorum. Diğerlerinin umursamaması ya da onun yaşlı bir bunak olduğunu fısıldaması önemli değil. Ayrıca çok iyi gitmediğimizi Gimenez de söylüyor."

"Peki Londra'daki staj hiç mi işe yaramadı?"

"Ne alakası var? O staj bir temel teknik eğitimiydi, puantla ilgisi yok. Tabii ki işe yaradı ama şu an bir faydası yok."

"Ne yapacaksın o zaman?"

"Hiçbir şey. Şu anda yaptığımdan farklı bir şey yapmayacağım. Dikkatli olacağım, konsantre olacağım ve egzersiz yapacağım. Bir de sabırlı olacağım. Bale diğer dersler gibi değil, geride kalınca akşam oturup ezberleyip arayı kapatamıyorsun. Vücut bazen kendi kafasına göre takılıyor, seni dinlemiyor."

"Belki de olgunlaşmaya ihtiyacı olduğundandır."

"Belki," dedi Zoe omuzları silkerek. Artık bu muhabbet bitse çok sevinecekti. Konuyu değiştirip başka şeyler düşünmek istiyordu.

"Yarın okul çıkışında seni alıp bir yere götürmek istiyorum, olur mu?" dedi Sara.

"Nereye?"

"Sürpriz, zamanı gelince öğrenirsin."

Zoe'ye uzanıp onu öptü, saçlarını okşayıp kulağının arkasına özenle yerleştirdi ve karşısında dikilmeye başladı.

"Haydi git, boğuyorsun beni," dedi Zoe şaka yollu. Madam'ın memnuniyetsiz suratını ve puantla ilgili sorunları beyninin bir köşesine sıkıştırıp ertesi günü ve sürprizi düşünerek uykuya daldı.

"Parkta bir gezinti demek? Güzel sürpriz. Buraya her cumartesi arkadaşlarımla geliyorum, yağmur yağmadığı zaman. Bak şuradaki de benim bankım," dedi Zoe ve Sara'ya diğerleriyle buluşma yerini işaret etti. Bank siyah pardösülü, mavi bereli ve ayaklarının altında plastik torbalar olan yaşlı bir adamın işgali altındaydı. "Burasının bir evsizin mekanı olduğunu bilmiyordum."

"Ne tatlı, ona hediye bırakşan muhtemelen çok sevinir," dedi Sara. "Ama olayımız bu değil. Haydi, gel bakalım çokbilmiş. Bu şehri avucunun içi gibi bildiğini zannediyorsun ama aslında hiçbir fikrin yok."

Daha önce Zoe'nin hiç girmediği bir patikadan ilerlemeye başladılar. Bir süre sonra kendilerini dev çalıların olduğu bir bölgede buldular. "Neredeyiz?" diye sordu Zoe bir göletin önüne geldiklerinde.

"İleri, ileri," dedi Sara ve onu iki yanında çok eski ağaçlar olan bir yoldan tepeye doğru çıkarmaya çalıştı. "İşte, oraya gidiyoruz," diye eliyle demirden yapılmış zikzak şeklinde bir yapıyı işaret etti.

"Kuleye mi? Orada ne işimiz var ki? Yıllardır kapalı orası..."

"Yanlış, daha yeni açtılar. Arada bir gazete okusan..."

Aşağıda bir gişeden Sara iki bilet aldı. İçinde zaten dört kişi olan bir asansöre bindiler ve dolana kadar beklediler. Görevli düğmeye bastı ve hareket ettiler. Asansör büyük otellerin hızla yükselen asansörleri gibi birden harekete geçti. Apartmanlardaki gibi değildi, burada ara duraklar yoktu. Birkaç saniye içinde dünya küçüldü ve tepeye vardılar. Asansör dururken tıngırdadı. Kapılar açıldı ve herkes indi. Her tarafı camlarla kaplı daire şeklinde bir terasa çıktılar. Aşağıda artık küçücük kalan şehir sürekli hareket eden bir uyum içindeydi. Zoe etrafına baktı, terasta iki tam tur attı ve sonunda en çok hoşuna giden manzaranın merkezin doğusundan görünen olduğuna karar verdi. Bu tarafta kırmızı çatılar ve çan kuleleri daha fazlaydı. Bu eski şehir, gizli yemyeşil bahçeleri, duvarları ve teraslarıyla arzı endam ediyordu. Akademi'nin o devasa binası da görülüyordu. Böyle arkadan bakınca daha bir heybetli, sanki yere çakılmış gibi görünüyordu. İnce kemerleri, krem rengi kolonları, akşam saatinde özenle yapılmış aydınlatmaların etkisiyle sanki ışıkların ve gölgelerin birbirini kovaladığı yapay bir orman gibiydi.

"Beni neden buraya getirdin?" diye sordu Zoe, Sara'ya.

"Üç gün önce Costanza ile geldik ve çok hoşumuza gitti. Senin de seveceğini düşündüm. Ayrıca mesaj şu: Yukarıdan bakınca her şey farklı görünür. Kafanın üzerinde gezinen kötümserlik bulutlarından kurtulup çevrene olumlu bakabilsen belki de puanta kalkmanın o kadar da zor ve karışık bir şey olmadığını fark edeceksin. Bakış açını değiştirebilirsin. Daha önce görmediğin şeyleri fark edebilirisin. Kendinle ilgili de geçerli bu. Tabii göreceğin şeylerin her zaman güzel olacağının garantisini veremem. Belki de şu dönemde baleyi artık istemediğini çünkü sana keyiften ziyade ıstırap verdiğini düşüneceksin. Ya da gerçekten istediğin tek şeyin puanta kalkmak olduğunu söyleyeceksin ve işte o zaman bütün bu çektiklerin anlamlı hale gelecek. Her ne olursa olsun, açıkça görmek çok önemli. Ne kadar çabuk fark edersen o kadar iyi." Sonra birden, bütün bu uzun girizgahtan sonra Sara konuyu değiştirdi. "Müze binası ne kadar garip değil mi? Sanki çelik konstrüksiyon gibi görünüyor. Şaşkın bir bebeğin marifeti gibi."

Beraber güldüler ve birlikte terası bir defa daha döndüler. Sonunda asansörden bir zil sesi geldi. "Zamanımız doldu," dedi Sara. "Artık gitmemiz lazım."

"Ama bu çok kısa sürdü," diye karşı çıktı Zoe.

"Artık burayı biliyorsun, ne zaman istersen gelebilirsin."

Ertesi gün soyunma odasında Zoe oturmuş itaatkar bir edayla ayaklarını esneten Diletta'yla konuşuyordu. "Eve gelmiyor musun?"

"Gelmiyorum. Yukarı çıkıp tek başıma prova yapacağım. Neden ki, sen de mi gitmiyorsun yoksa?"

Zoe kararsız kaldı, patiklerini yeni çıkarmıştı ve biraz yorgundu ama Diletta ona cesaret verdi. "Haydi benimle gel. İki kişi daha iyi olur, birbirimize eşlik ederiz. Ayrıca çok kalmayı da planlamıyorum, yarım saat yeter."

Zoe cevap vermedi ama yerine oturdu ve patiklerini çantasından çıkarıp bağlamaya başladı. Onları doğru şekilde çapraz yapmaya özen gösteriyordu. Geçmişte pek çok defa dersten sonra okulda kalıp çalışmayı istemişliği vardı ve bunu yaptı da. Şimdi ise canı istemiyordu ama bunu bir ilaç, bir tedavi gibi görüyordu, yapılması gereken bir şey gibi. Ayrıca Diletta'nın haklı olduğu bir konu vardı. Şu durumda iki kişi olmak çok daha iyi. İçinden gelerek orada kalıp çalışmak isteseydi neyse ama bu kadar isteksizken biriyle birlikte olmak gerekti.

Birkaç dakika sonra en üst kattaydılar. Açık kapılar odaların boş olduğunu haber veriyordu. Zoe ikisine yetecek kadar bir oda seçti, küçük ama ideal bir yerdi. Diletta'ya yolu gösterdi. İşte gelmişlerdi, içeri girip "rahatsız etmeyin" dercesine kapıyı kapattılar.

"Müziğimiz yok," dedi Diletta.

"Neler var bir bakalım," dedi Zoe ve müzik setinin durduğu dolabı açtı. Burada her zaman kullanılabilecek birkaç albüm vardı. Çaykovski'yi seçti, biraz bilindik bir seçimdi ama tam da bu yüzden, herkes bildiği için bu müzikle dansetmesi çok kolaydı. Müzik yükselirken Diletta keyifle "Çok iyi oldu," dedi.

Odanın köşesine doğru yürüdü ve çok yavaş ya da çok hızlı olmayan dönüşlerle odada ilerledi. Zoe onu izledi ve sanki hiç efor sarf etmeden yapıyormuş gibi görünmesine hayret etti. Diletta çok başarılıydı, fark ettirmese de iyi dans ediyordu ama şimdi yakından bakınca Zoe kızdaki yeteneği fark ediyordu. Diletta çok doğal görünüyordu.

Köşeden köşeye hareketi tamamlayan Diletta birkaç adım denedikten sonra başladığı yere geldi ve dönüşlere tekrar başladı. Sonra hareketini bitirip selam verdi ve kenara çekildi. "Sıra sende," dedi Zoe'ye. Sonra meraklı bir sesle "Sürekli aynı noktaya bakmaya çalış, hatta bana bak, gözlerini ayırma," diye ekledi. Ortaya, aynanın önüne geldi. "Beni gözden kaybetme, bunu zaten biliyorsun gerçi. Haydi." Sonra ellerini Madam Olenska'nın yaptığı gibi şaşkın bir yüz ifadesiyle çırpmaya başladı.

Zoe onun sözünü dinledi. Sürekli değişebilen belirsiz bir mesafeye bakmaktansa sabit bir yere bakmak çok daha etkiliydi. Yorgunluğuna ve ayaklarının günün bu geç saatlerinde artık zonkluyor olmasına rağmen dönüşleri hafif ve düzgündü. Aynen Diletta gibi konsantrasyonunu kaybetmemek ve hızlanan nefesinden faydalanmak için hemen ikinci bir tur daha attı.

Zoe de dansını selamla bitirdi ama onun selamı Diletta'yaydı. Birbirlerine bakıp başlarıyla selamlaştılar. Sonra baştan başladılar.

İleriki günlerde okul sonrası buluşmaları devam etti. Artık neredeyse konuşmuyorlar, bakışarak anlaşıyorlardı. Ve giyinip soyunmak yerine üzerlerine birer badi geçirip tozluklarını takıp çıkıyorlardı. Zoe bazen artık yorulduğunu ve yapamayacağını düşünüyordu ama Diletta kararlı bir şekilde onu peşinden sürüklüyordu. Her seferinde çalışma sonrasında mızmızlanmaya pabuç bırakmadığı için seviniyordu çünkü her geçen gün kendine güveni biraz daha yükseliyordu. Bu da ona iyi geliyordu.

YENİ TUTKULAR

"Gördün mü? Yalvarırım, bak! Çok güzeller!" dedi Lucas elindeki dergiyi Zoe'nin gözüne sokarken. Kızın tek görebildiği hareket halindeki birtakım görüntülerdi. Sinirlendi. "Bir saniye sakin durur musun? Neden bahsediyorsun sen?"

"Baksana, Egg grubu!"

Zoe nihayet dergiyi sabit tutmayı başardı. Bu Lucas'ın her ay bilgisayar oyunları dergisi ile birlikte aldığı dans ve tiyatro dergisiydi. Zoe oğlanın gösterdiği makaleye konsantre olmaya çalıştı. Egg'in Kanada'da kurulmuş ama üyeleri bütün dünyadan gelen yeni bir modern dans grubu olduğu anlaşılıyordu. İlk gösterilerinin adı da Egg'di ve okyanusun öte yakasında büyük bir başarı elde etmiş gibi görünüyordu. Zoe başını kaldırıp Lucas'a baktı. "Seni hayal kırıklığına uğratmak istemem ama gerçekçi olmak gerek. Yeni kurulmuşlar ve tamamen deneysel çalışıyorlar. Her şeyin iyi gittiğini varsaysak bile buraya gelmeleri üç ya da dört yıl sürer."

"Ama sen anlamadın. Bu benim hep istediğim şey. İşte bu!" Eliyle siyah bir yüzeye yerleştirilmiş dev beyaz bir yumurtayı gösterdi. Yumurta sanki boşlukta asılı kalmış gibi görünüyordu.

"Bir yumurta yapmak mı istiyorsun?" diye dalga geçti Zoe.

"Aptal. Konsepti anladın mı?"

"Anlamadım gerçekten."

"E tabii, fotoğraftan pek anlaşılmıyor. Eve dönünce internet sitelerine bak, anlarsın."

"Peki ya Momix?" diye sordu Zoe. Momix, Lucas'ın baleye başladığından beri girmek istediği bir kumpanyaydı, onun büyük aşkıydı. Geçen sene nihayet bir oyunlarında ufak bir rol kapmayı başarmıştı. "Bu aşkın tamamen küllenmiş olması mümkün mü?"

"İleriye bakmak gerek Zoe. Momix her zaman benim kalbimde olacak ama onlar artık geçmişi temsil ediyor. Bir dansçı ise geleceğe doğru fırlatılmış bir ok gibidir..."

Zoe ciddiyetini korumaya çalışarak oğlana baktı. Biraz abartmıştı ama bir arkadaşını böyle tutkulu görmek çok güzeldi. Bazen çevresindeki herkesin yaptıkları şeylere dahi çok kayıtsız kaldıklarını düşünüyordu. Diletta'yı ve onun dans hayalinin peşinden koşuşunu düşününce... Derslere sanki normal bir şeymiş gibi gelen bazı arkadaşlarına çok sinir oluyordu. Onları omuzlarından yakalayıp silkelemek ve kendilerine getirmek istiyordu. "Görmüyor musunuz? Anlamıyor musunuz? Bu yaptığımız şey çok önemli," demek isterdi ama pek bir işe yarayacağını düşünmüyordu.

Zoe, Lucas'ı yumurta hayalleriyle baş başa bırakıp onu yeni favori grubuyla New York, Seattle ya da Chicago'ya turne planları yaparken düşündü. Merdivenlerden yukarı çıktı, öğle arası henüz bitmemişti ve eğer bulabilirse Leda ile bir on beş dakika daha çene çalabilirdi. Kızı koridorun ortasında çevresinde küçük bir hayran kitlesiyle gördü. Ne yapıyordu acaba? Yanına yaklaşınca olayı kavradı, Leda *Çarli'nin Çikolata Fabrikası* üzerine mini bir konferans veriyordu. Zoe güldü, bu muhabbeti daha önce en az üç defa dinlemişti. Tim Burton'ın filmi Leda'da kontrolü imkansız tepkimelere sebep olmuştu. Bunun sebebi sadece özellikle sıra dışı rollerde kendini daha iyi gösteren Johnny Depp değildi, aynı zamanda filmin gerçekten oldukça eğlenceli olmasıydı.

"Ama kitapta olmayan şeyler var," diye zayıf bir itiraz geldi Lupo'dan.

"Ne alakası var. Film ve kitap birbirinden bağımsız şeyler, dilleri de farklı. Yönetmen ya da senaryo yazarı bazı değişiklikler yapmaya karar verdiyse demek ki bunlar bize vermek istedikleri mesaj için gerekli," diye savundu Leda.

"Bence Willy Wonka çatlağın biri," diye söylendi Estella.

"Öyle bir baban olsa seni de görürdük," dedi Sofia sinirle. "Deli bir işkenceci. Zaten dişçiye gitmekten nefret ediyorum."

"İyi de kimse çok severek gitmiyordur zaten," diye lafa girdi Stefania.

"Sen sus! Bütün sınıfta tel takmayan bir sen varsın. Hatta dur bakayım, muhtemelen tanıdığım tel takmayan tek kişisin," dedi Estella.

"Ben Oompa Loompa'ları çok seviyorum," dedi Francis.

"Gerçekten de koreografileri çok şahane," dedi Jonathan.

"O iki kız gerçekten de iğrenç," dedi Jamie.

"Bilgisayar oyunları büyücüsü de öyle," diye ekledi Francis.

"Bence Roald Dahl çocuklardan nefret ediyordu," diye atıldı Paola ve hemen koro halindeki itirazlara hedef oldu. Ama kararlıydı: "Yani sonunda ne hale geldiklerine baksanıza…"

"İyi de o dört çocuk da bunu hak ettiler yani," dedi Leda. "Bence birinden nefret ediyorsa bu yetişkinler olmalı. Yani nefretten çok, onları hep kötü gösteriyor…"

"Bayan Dolcemiele dışında…" diye araya girdi Estella.

"Doğru. Bir de Charlie'nin ailesi dışında," diye ekledi Jamie.

Zoe karışmadan sadece dinledi çünkü Roald Dahl küçükken çok hoşuna gitmişti. Bir Noel günü anne ve babası ona içinde yazarın bütün kitaplarının olduğu büyük bir kutu vermişti. Hepsinin bir arada olması, o yeni kitap kokusu, ona bir bayram havası yaşatmıştı adeta. Ayrıca bütün kitapları hızla okumak, bitecek diye endişelenip yavaşlamamak, arkasından bir tane daha ve sonra bir tane daha okumak...

Şimdi ise zihnini dolduran başka bir görüntü vardı. Emily Bronte'nin *Uğultulu Tepeler*'ini okuyordu. Bu sefer gerçekten çok hızlı bitireceğinden korkuyordu. Bu yüzden günde sadece on sayfa okuyor ve zaman zaman başa dönüyordu. Karakterleri zihninde yerleştirmeye çalışıyordu. Kitabı ona annesi almış, daha doğrusu ödünç vermişti. Kitap, odasındaki Temel Kitaplar rafında duruyordu, annesi söyleyince bu tabir gerçekten büyük harfi hak ediyordu. "Geri isterim yalnız," diye uyarmıştı Zoe'yi. "Hayatta tekrar okumaya değecek çok az kitap vardır. Hep yeni kitaplar çıkar ve insan kendini geride kalıyormuş gibi hisseder. Bazılarıysa özeldir, seni bırakmaz. Al, bunu bir dene bakalım."

Yeni bir kitap olmaması Zoe'yi hayal kırıklığına uğratmıştı, sanki sayfaları toz kaplı gibiydi. Ama bu aslında bir yanılsamaydı, sonuçta kitap o filmlerdeki gibi tavana kadar uzanan kitap raflarından birinden alınmış antika bir eser değildi. Sayfaların kenarları biraz sararmıştı, bu da onlara nazik davranılması gerektiğini yoksa kopabileceklerini hatırlatıyordu. Yaklaşık yarım sayfa kitabın Zoe'yi bir girdap gibi içine çekip bir daha da bırakmamasına yetmişti. Doğal olarak Cathy'ye ve onun ıstırabına aşık olmuş, Heathcliff'in o ağdalı havası ve esmerliğiyle tam bir kahraman olduğunu fark etmiş, Lindon'un ise bir o kadar tatlı ama Heathcliff'e kıyasla ne kadar soğuk olduğunu gözlemlemişti. Fırtınada pencereyi tırmalayan hayalet bir el miydi, yoksa sadece rüzgarda sallanan bir dal parçası mı?

Jonathan elini kızın omzuna koyarak sıçramasına sebep oldu. "Zoe? Alo? Orada mısın?"

Zoe birden dünyaya döndü ve cevap verdi. "Düşünüyordum."

"Fark ettim," dedi oğlan hala film ile ilgili tartışmaya devam eden gruptan ayrılarak.

"Okuduğum bir kitabı düşünüyordum... İngiliz bir yazarın kitabı," dedi Zoe yarım ağız gülümseyerek. "Fena halde İngiliz, yulaf lapası vesaire, her şeyiyle..."

"Yulaftan nefret ederim," dedi oğlan. "Anneannem ne zaman ona gitsek bu yemeği yapar. Ona göre bu tam bir İngiliz kahvaltısı. Neyse ki kardeşim seviyor ve çaktırmadan benimkini de bitiriyor. Böylece anneannemi de üzmemiş oluyoruz. Sen *Çikolata Fabrikası*'nı izledin mi?"

"Hayır," dedi Zoe. "Ve binlerce kilometre çevremde izlememiş tek kişi olabilirim."

"İstersen birlikte gidelim," dedi Jonathan. "Ben Londra'da izledim, burada da izlemek hoşuma gider, özellikle de seninle," dedi ve kızın gözlerinin içine baktı.

Böylece iki gece sonra, ertesi günkü okul ve ödevleri düşünmeleri gerekmeyen bir cuma akşamı Zoe ve Jonathan baş başa sinemaya gitti. Yarı yarıya boş olan salonda ortalarda güzel bir yer seçtiler, çantalarını ve montlarını koymak için bol bol yerleri vardı. Etraflarını patlamış mısır, meşrubat ve gökkuşağının tüm renklerinin temsil edildiği yumuşak şekerlerle donatmışlardı. Film başlamadan önce mavi renkli yiyeceklerden bahsettiler.

"Bunun insanın iştahını açmayan bir renk olduğunu okumuştum," dedi Jonathan. "Sonuçta bu görsel bir olay. Maviyi görünce o yiyeceğin lezzetli olmadığını düşünüyorsun. Kırmızı ise lezzetli. Sarı da lezzetli."

"Ben mavi jöle görmekten çok hoşlanırım," dedi Zoe. "Ama tam olarak nasıl bir tat bulacağını bilemiyor insan. Anason mu? Donmuş nane mi? Şirin-

ler mi? Ya da daha önce hiç tatmadığın kimyasal bir karışım mı?" dedi ve elinde beyaz bir karnı olan mavi bir yunusla geri döndü.

Sonra ışıklar kısıldı ve pek çok vaatte bulunan birkaç tanıtımdan sonra film başladı. *Sinemada izlemek çok farklı, sanki insan kendisinden kopup zamanlar ve mekanlar arasında gezinmeye başlıyor*, diye düşündü Zoe film onu içine almadan önce. Ancak ara olup da sanki yeni uyanmış gibi şaşkın ve kamaşmış gözlerle dışarı çıktıklarında kendine gelebildi. Sonunda film bitip isimler çıkmaya başladığında insan iki saatlik bu seyir için ne kadar çok insanın ne kadar çok emek sarf ettiğini fark ediyordu.

"Ne diyorsun?" dedi Jonathan çıkışa doğru ilerlerken.

"Güzel," dedi Zoe. "Güzel, nokta."

Oğlan daha fazla soru sormadan onayladı ve görüntülerin zihninde birbirinin üzerine düşmesine izin verdi.

Sinema salonunun içinde filmlerle ilgili albümlerin ve DVD'lerin satıldığı bir dükkan vardı. "Bir bakalım mı?" dedi Zoe. Aklında bir şey vardı, kararlı bir şekilde aramaya koyuldu. Ve aradığını buldu. "Bak," dedi oğlana. Elinde siyah beyaz bir kapak fotoğrafı olan eski bir film vardı. *Uğultulu Tepeler*. "Burada romanın sinemaya ilk aktarımı olduğu yazıyor."

"Oyuncular arasında Laurence Olivier var," dedi Jonathan. "Tüm zamanların en iyi İngiliz oyuncusu olduğu söyleniyor."

"Bu da beraber izlemek için yeterli bir sebep, ne dersin?"

"Sanırım birer sinema sapığına dönüşüyoruz," diye dalga geçti oğlan kasaya doğru ilerlerken. Filmi Zoe'nin elinden almaya çalıştı. "Bırak da ben bunu sana hediye edeyim," dedi. Zoe tam zamanında onu engelledi. "Buna gerek yok," dedi biraz kafası karışmış bir halde. Bu sırada oğlan elini cebine attı.

"Tabii ki gerek yok," dedi Jonathan. "Ama içimden geldi."

Zoe kızardı ve elindeki paketi heyecanla sıktı.

Farkında değildi muhtemelen çünkü aklı fikri puanta kalkmaktaydı ama oğlanlar değişmeye başlamıştı. Zoe bunu beraber yaptıkları bir derste birdenbire fark etti. Eskiden böyle birlikte dersleri daha çoktu, şimdi ise daha nadirdi. Odanın ortasında duruyorlardı ve bir saattir barda birlikte çalıştıkları için hepsi ısınmıştı. Hemen dönüşlere ve atlayışlara geçebilirlerdi. Bir kız ve bir erkek olmak kaydıyla dörtlü sıralar oluşturmuş durumdalardı ve Gimenez elinde Madam Olenska'nınkine şaşırtıcı derecede benzeyen bir bastonla yerde tempo tutarken yana doğru adımlar atıyorlardı. Ayaklarını bir çekip bir zıplıyorlar, bir grup bir yana diğeri diğer yana gidiyordu. İlk defa yapmalarına rağmen uyumlu bir şekilde hareket ediyorlardı. Sonuçta yıllardır beraber çalışıyorlardı ve hareketlerinin birbirine senkronize olması normaldi.

Sırası bitip de yandaki barda dinlenme pozisyonu alınca Zoe durumu fark etti. Jonathan'ın omuzları çok genişti, o efsanevi Yunan heykellerine benziyordu. Bunların adı kouros, yani oğlandı. İşte karşınızda tam bir oğlan vardı, hatta bu ifade ona biraz küçük bile geliyordu. Ve Lucas da... uzun ama belirgin kasları şekilli kollara bağlanan bir kabartma gibiydi. Diğerleri de bir farklıydı. Sadece Lupo, bütün o havasına rağmen hala küçük bir çocuğun omuzlarına ve silindirik gövdesine sahipti.

Şimdi bütün kızlar barda, erkekler de ortadaydı. Zıplıyorlardı. Kesin, esnek ve güçlülerdi. Evet ya, düpedüz güzellerdi.

BİR ZİYARET

"Neyse ki otelde kalıyorlar. Onlara bütün gün tahammül edemezdim. Ne kadar çok konuşuyor bunlar!" Sara kendini koltuğa bıraktı ve elleriyle kulaklarını kapatarak korkunç bir gürültüden kaçmak istermiş gibi yaptı.

"En azından Diletta'nın kime çektiğini öğrenmiş olduk," dedi Zoe onun yanına yığılarak.

"Bir de o sahneler neydi öyle? Prenseslerini öpüp koklamadan duramıyorlar," dedi Sara dalga geçerek. "Bizim anne ve babamız bu kadar yapışkan olsa ne yapardık, düşünsene!"

"Yani, haftalardır görüşmüyorlar," dedi Zoe bu sefer Diletta'yı tutmaya kararlı bir tavırla. Cuma günü kızlarını görmek için kısa bir ziyarete gelmişlerdi ve aşırı hareketleriyle herkesi bezdirmiş durumdalardı. Neyse ki bu akşam -yani cumartesi- üçü birlikte yemeğe çıkma kararı almışlardı da bütün aile derin bir nefes almıştı.

"Sizi duydum, cadılar," dedi anneleri salonun kapısından. "Diletta'nın ailesiyle ilgili tek bir kötü söz bile duymak istemiyorum, tamam mı?" dedi ama ses tonundan onun da konuyla ilgili söylemek istedikleri olduğu anlaşılıyordu. Yine de kızlarına kötü örnek olmamak için sesini çıkarmıyordu. Sonra hemen ortadan kayboldu ve birkaç arkadaşları ile çıkacakları yemek için babalarıyla beraber hazırlanmaya başladı.

"Anne ve babasını seçemiyor insan, acı bir gerçek," dedi Sara iç çekerek.

"Seçebilsen nasıl insanlar olmalarını isterdin?"

"Bizimkiler mi? Onları hiçbir şekilde değiştirmek istemem. Stefano'nun annesini diyordum ben, beni kıskanıyor da..."

"Haydi canım!"

"Gerçekten. Onu alıp götürmemden korkuyor. Stefano söyledi."

"İyi etmemiş. Şimdi kadın sana hep itici gelecek."

"Canım zaten önceden de bayılmıyordum kendisine. Ne zaman beraber dışarı çıksak kapıda onu öpüyor, ona sarılıyor..."

Zoe güldü, ufacık bir kadının bir-doksan boyunda iri kıyım bir oğlana sarılmasını hayal etti.

"Babası nasıl?" dedi sonra.

"Yok, babası öpmüyor. Selam vermekle yetiniyor. Tatlı bir adam. Tenisi seviyor, bazen üçümüzoturup birlikte şampiyonaları izliyoruz. Uydu antenleri var da."

"Ne hoş, tam bir aile saadeti!"

"Dalga geçme. İnsan her zaman dolanıp durmak istemiyor. Bazen evde oturmak iyi oluyor."

"Evet, sen niye çocuğu buraya getirmiyorsun peki?"

"Birkaç defa getirdim, onlarda da saldırdınız çocuğa..."

"Amma abarttın. En fazla Marta'nın biraz fazla girişken olduğunu söyleyebiliriz."

"Girişken mi? Bütün bir akşam çocuğu *Playstation* için esir aldı resmen."

"E iyi işte, en azından buzları eritmiş oldular."

"Benden mi bahsediyorsunuz?" dedi Marta ve odaya dalarak kendini iki kardeşin arasına attı. Hep birlikte yere düşmekten son anda kurtuldular.

"Geldi işte," dedi Sara. "Tam da Zoe'ye, Stefano'ya aşık oluşunu anlatıyordum."

"Daha neler! Ben Alessandro'ya aşığım bir kere. Büyüyünce evleneceğiz."

"Tabii, ne demezsin!" dedi Zoe gülerek.

"Belki de sadece birlikte yaşamaya karar veririz. Gelinliklerden hoşlanıp hoşlanmadığıma karar veremedim henüz. Göreceğiz."

"Daha vaktin var," dedi Sara. "Bu arada, bu akşamki filmi ben seçiyorum."

"Yapma ama Nemo'yu izlemek istiyordum!"

"Yetmişinci defa mı? Mümkün değil. *Günah Şehri*'ni sipariş ettim."

"Ufaklık için biraz fazla şiddet dolu değil mi o?" diye yetişti babaları. Çoktan hazırlanmış, bir parfüm bulutu içinde dolanıyordu.

"Hayır baba, sonuçta bir çizgi roman, her şeyin sahte olduğu anlaşılıyor," dedi Sara.

"Ayrıca gerçekten korkunç bir sahne olursa gözlerimi kapıyorlar ve hiçbir şey göremiyorum," dedi Marta. "Öyle değil mi?" dedi ve ablalarına baktı.

Kızlar kafa salladılar. Baba da omuzlarını silkip "Peki madem, öyle diyorsanız..."

Anneleri geldi, iki öpücük-öpücük ve gitmişlerdi bile. Marta koltuğa yerleşmekle meşgulken Sara ve Zoe mutfağa gidip durum değerlendirmesi yaptılar.

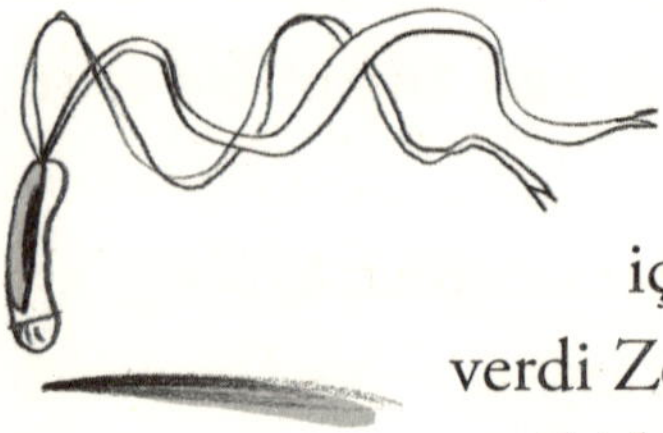

"Madam nasıl gidiyor?"

"Daha iyi, sorduğun için teşekkürler," diye cevap verdi Zoe. "Kendimi tam bir felaket gibi hissetmiyorum artık."

"Demiştim sana bir yorgunluk anı diye. Dansçılar da yorulur bazen. Bak, bunlar bütün dertlerine deva olacak," dedi ve dolabın üst rafına uzanıp bol çikolatalı kurabiyelerden aldı.

"Evet, sivilceler dışında..." dedi Zoe gülerek.

"Haydi canım, sivilcenin ne olduğundan haberin bile yok," dedi Sara.

Filmin sonunda yazılar çıktığında birinin yavaş yavaş kapının deliğine anahtarı sokup açmaya çalıştığını fark ettiler. Diletta sessiz olmaya çalışarak eve girdi, sonra ışığı açtı ve üçlüyü salon koltuğunda otururken buldu. "Aaa, siz hala ayakta mısınız?" Kapıyı kapattı, anahtarı çekip ona söylendiği gibi kapının girişindeki sehpaya bıraktı. "Film güzel miydi?" diye sordu montunu çıkarırken.

"Çok güzeldi," diye cevap verdi Marta. "Bütün film siyah-beyazdı, sadece bazı yerleri renkliydi, yeşil gözler, sarı suratlar ya da kırmızı bir elbise gibi...

Birbirlerini öldürüyorlar ama kan beyaz olduğundan çok anlaşılmıyor."

"Sizinle oturabilir miyim biraz?" dedi Diletta koltuğun kenarına ilişerek. "Hiç uykum yok."

"Benim de yok," dedi Marta ve esnedi. Kardeşleri güldü.

"Haydi, seni yatağa götüreyim," dedi Sara.

Zoe, Diletta ile kaldı. "Güzel bir akşam oldu mu?" diye sordu.

"Evet, çok güzeldi. Şu senin tavsiye ettiğin restorana gittik. Annem ve babam daha önce Çin yemeği yememiş. Çok hava atmayayım, o akşam eve sipariş edene kadar ben de yememiştim. Sonuçta ben her şeyi biliyordum, onlar bilmiyordu. Annem çok acayip bir şeyler yiyeceğimiz için endişeliydi, babamsa çubukla yemeyi denemek bile istemedi. Ona çatal ve bıçak istedik, tabii anneme de. Sadece pilav yedi annem. Babamsa şüpheleri geçtikten sonra ne varsa götürdü."

"Peki, yarınki program ne?"

"Onların akşamüstü uçağı var, muhtemelen sabah ufak bir tur atarız. Sonra da baban onları uçağa bırakacak. Ben de evde kalıp ders çalışacağım, tarih ve matematikte geri kaldım. Zaten böylesi daha iyi, yoksa vedalaşma sahnelerini kaldıramazdım," dedi gülerek. "Biraz dramatik oluyor da..."

"Çünkü seni seviyorlar!"

"Tabii ama ben onların gelmesini dahi istemiyordum ki, sonuçta Noel'de eve gideceğim, bir aydan az kaldı, şimdi ne gerek vardı ki..."

"Belki de iyi olduğundan, ortama uyum sağladığından emin olmak istemişlerdir."

"Evet işte. Ama böyle yapınca daha kötü oluyor. Onları görünce ne kadar özlediğimi fark ediyorum," dedi. Bu sırada dudakları buruşmaya başladı. Ağlamak üzere olan ufak bir kız çocuğuna benziyordu. Başını öne eğdi.

Zoe susup bu anın geçmesini bekledi. Gördüğü Diletta, alışkın olduğu, kendine aşırı güvenen diğer Diletta'dan çok farklıydı. Belki de bu gerçeğiydi. Bir süre sonra Diletta başını kaldırdı. "Şimdi her şey daha zor geliyor, ilk geldiğim zamanki gibi oldum. Bütün korkularım geri geldi, sanki başaramayacakmışım gibi hissediyorum. Yeterince güçlü değilmişim, dayanamayacakmışım gibi. Yani, telefonda konuşunca başka, sonuçta uzaksın ama görüşünce... Kardeşlerimi ve onların yaptığı yaramazlıkları düşünüyorum. Bizim evimiz hiç sessiz kalmayan bir evdir. Okulumu da düşünüyorum, severdim okulumu. Ve birden onların haklı olduğunu, evden ayrılmak için çok genç olduğumu düşünmeye başlıyorum."

"Neden ki? Onlar senin Akademi'ye gelmeni istemiyorlar mıydı?"

"Bayan Miti ısrar etti, öğretmenim yani. Bana benim gibi bir öğrencisi olmadığını, bu fırsatı kaçırmamı istemediğini, doğru zamanın geldiğini söyledi."

"E tamam o zaman. Elemeleri de geçtin."

"Evet de o gerisini düşünmüyor ki. Görmen lazım, boşluğa bakıp *sen büyük şeyler yapacaksın* diyordu. Sanki ateşlenmiş gibi gözleri ışıl ışıldı. Sonuçta benim annem değil o. Beni yeterince tanımıyor. Benim güçlü olduğuma inanmış. *Hırs sana yol gösterecek,* diyordu bana sürekli. Ne aptal bir cümle. Ben bale yapmak istediğimi biliyorum. Bütün hayatım boyunca bunu yapmak istiyorum ama bu işi yapmak için birkaç yıl daha bekleyebilirdim. Sonuçta şimdi iyiysem üç yıl sonra da iyi olurum, değil mi?"

"Böyle düşünmüyorum," dedi Zoe. "Madam Olenska her zaman başka okullardan gelen çocukların en büyük probleminin bir daha düzeltemeyecekleri bazı arızalar olduğunu söyler. Öyle ki bir defa on dört, on beş yaşına gelip de Akademi'ye başladıklarında bazen birkaç ay içinde onları geri gönderiyor çünkü kusurlarını düzeltemeyeceklerini fark ediyor."

"Peki sen nereden biliyorsun bunları? Yoksa Madam senle oturup bunları mı konuşuyor?" diye sordu Diletta kuşkuyla.

"Doğru," dedi Zoe. "Bunları bana Madam anlatmadı, uzun süredir okulda çalışan bir arkadaşım var, o anlattı."

"Tabii ya, terzi. Anladım. Ortadan yokolunca ona gidiyorsun değil mi? Bak, moralin bozulunca dertleşebileceğin gerçek bir arkadaşın var. Ayrıca annen, baban ve kardeşlerin var. Benim kimsem yok."

"Ama neden moralin bozuluyor anlamıyorum. Madamın puantlar konusunda azarlamadığı tek öğrenci sensin, ayrıca okulda da iyisin."

"İyi de, ne alakası var. Dışarıdan görünen başka, benim içimde hissettiğim bambaşka. Bazen her şeyi bırakasım geliyor."

Diletta'yı hiç bu kadar samimi ve bu kadar üzgün görmemişti. Zoe onun için endişelenmeye başlamış-

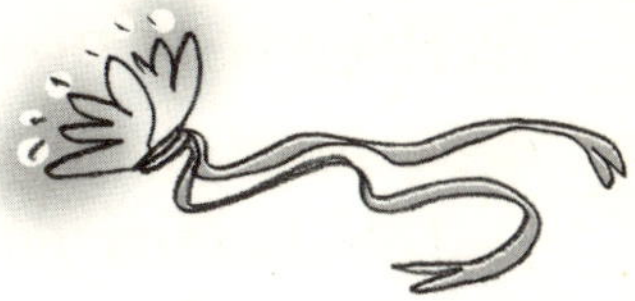

tı. Sonra bir gürültü duydu. Bu kapıya yaslanmış olan Sara'ydı. Her şeyi duymuş olmalıydı. Zoe kaşlarını kaldırarak kardeşine baktı, mesaj açıktı: *Ne yapacağım ben?* Sara eliyle bir dakika beklemesini işaret etti ve ortadan kayboldu.

Dakikalar sessizlik içinde geçti. Zoe banal bir şeyler söylemek istemiyordu çünkü işe yaramayacağının farkındaydı. Ayrıca Diletta'nın da bunları dinlemeyeceği belliydi. Orada öylece oturuyordu, kafasını öne eğmişti, siyah saçları yüzüne dökülmüştü.

Sonra birden Sara hiçbir şey olmamış gibi büyük bir neşeyle salona girdi. Çevrede kızların hemen fark ettiği bir koku vardı. Elinde üç tane bardak ve üzerinden duman tüten bir sürahi dolusu sıcak çikolata göze çarpıyordu.

"Söylediklerine göre uyumadan önce çikolata içmek çok iyiymiş. Prenseslere layık bir uyku sağlarmış. Ne dersiniz, deneyelim mi?"

Uykuya iyi gelip gelmediği bilinmez ama insanın ruhuna iyi geldiği kesindi. Birkaç yudum aldıktan sonra Diletta saçlarını geriye attı. "Şu ana kadar yediklerimin en güzeli. Yani içtiklerimin. Hayır, yediklerimin çünkü çok yoğun."

Artık ciddi şeylerden bahsetmiyorlardı. Sara okulda yaşanan birkaç saçma hikayeyi anlattı, annesinden izin almadan diline piercing yaptıran bir arkadaşından ve annesiyle babasının olayı bir ay boyunca nasıl fark etmediklerinden bahsetti. Ağızlarında *piercing* varmış gibi konuşup hep beraber gülüştüler. Sebepsizce gülüyorlardı ve bu iyi bir şeydi. Nihayet üçüncü bardağın ardından Diletta yerinden kalktı. "Gidip yatsam iyi olacak, yarın dokuzda beni almaya gelecekler," dedi.

"Dokuzda mı? Ne barbarlık!" dedi Sara. "Ben yarın öğlene kadar kalkmam."

"İyi geceler ve teşekkürler," dedi Diletta. Sonra Zoe'ye dönüp başıyla ona da teşekkür etti ve gitti.

"Teselli edebildik mi?" diye sordu Sara, Diletta'nın kapısı kapandıktan sonra.

"Sanırım az da olsa ettik. İyi işti," dedi Zoe.

"Zavallıcık. Seçiminin bu kadar ıstırap dolu bir arka planı olduğunu bilmiyordum."

"Ben de."

"Ne kadar şanslısın Zoe."

"Biliyorum Sara, biliyorum."

*

Ertesi gün veda vakti Diletta yine hüznün pençesine düştü ama sadece bir anlığına. Onu izleyen Zoe kızın güçlü olmaya karar verdiğini anladı. En azından yaşlı gözlerle sanki onları bırakıp başka bir kıtaya gidiyormuş gibi bakan annesinden ve önce ilgisiz görünüp sonra kızını kollarına alıp küçük bir oyuncak bebek gibi sallayan babasından daha güçlü görünüyordu. Onlar gidince Diletta kapıya yaslandı ve derin bir nefes verdi. "İşte," dedi Sara ve Zoe'ye. "Şimdi her şey baştan başlıyor."

"Hayır, baştan değil," dedi Sara ve yaklaşıp kızın kolundan tuttu. "Şimdi bir avantajın var, nasıl olacağını biliyorsun. Ve biz de biliyoruz. Unutma, hepimiz buradayız."

Geç saatlerde Diletta odasına kapanmış ders çalışırken Zoe her zamanki gibi ders çalışıyormuş gibi yaparak aslında müzik dinleyen Sara'nın yanına gitti.

"Teşekkürler," dedi.

"Ne için?" dedi Sara, uzanıp müziğin sesini kıstı.

"Diletta'yla bu kadar ilgilendiğin için. Benden daha başarılıydın. Onu anlayıp teselli etmesi gereken bendim ama sen yaptın."

"İyi de ne fark eder? Ayrıca buraya geldiğinde ayağının altında müdahaleci bir tip olduğu için çok mutsuzdun..."

"Çok mu belli oluyordu?"

"Saklamak için bir şey yapmadın sonuçta."

"O zaman Diletta da fark etmiştir bunu, kendisini evde hissetmesini de sağlamamıştır."

"Haydi artık, düşünme. Şimdi en azından ne hissettiğini biliyoruz. Eskiden çok güçlü, sanki devrilemez gibi görünüyordu... Ben bu halini daha çok sevdim. En azından bu haliyle onu anlıyorum. Ben yakın zamanda evden ayrılacağımı düşünmüyorum. Otuzuma kadar buralarda olmayı planlıyorum."

Zoe güldü. "Emin misin? Stefano ne olacak?"

"Stefano mu? Ne olacak canım, eninde sonunda biter."

"Zoe şaşkın şaşkın kıza baktı. "Nereden biliyorsun?"

"Haydi ama Zoe. Ben çocukluk aşklarının büyüyünce devam edebileceğini düşünmüyorum. Şimdilik iyiyiz. Ne kadar sürerse sürer, sonra... dünya büyük."

Sara müziğin sesini tekrar açtı ve konuşmanın burada bittiğini açıkça ortaya koydu. Zoe odasına döndü, onun da matematik çalışması lazımdı. Kitabını ve defterini açtı ama derse başlamadan önce bir süre kaleminin arkasındaki silgiyi kemirdi ve böyle bir kız kardeşe sahip olduğu için ne kadar mutlu olduğunu düşündü.

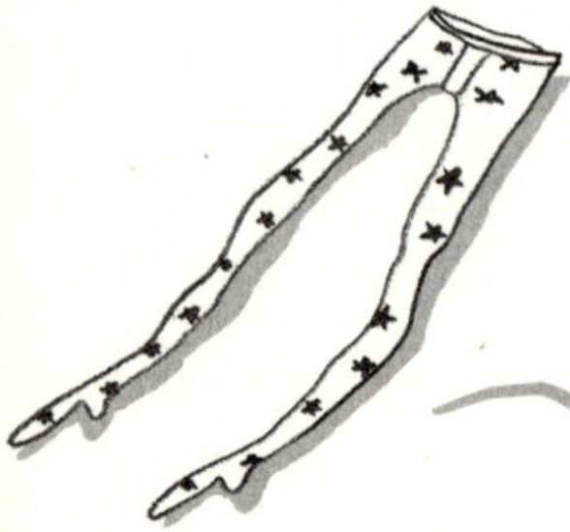

BÜYÜK BİR SÜRPRİZ

"Anlayamıyorum," dedi anne mutfağın duvarında asılı takvimi karıştırarak. "Çoktan Noel gelmiş, ben hiç fark etmedim. Zaman neden bu kadar çabuk geçiyor?"

"E onun da işi o," dedi baba kafasını gazeteden kaldırarak. "Öyle günler oluyor ki hiç geçmiyor."

"Yakın zamanda böyle bir gün hatırlamıyorum," diye itiraz etti anne. "Bir tek küçükken, bir an önce büyümek istediğim zamanlar…"

"Mesela dişçinin bekleme odasında dakikalar günler gibidir," dedi baba. "Ya da Zoe'yi okuldan almaya gitmişsem ve o en son çıkıyorsa…"

"Bu doğru değil," dedi Zoe gülümseyerek. "Bazen durup birileriyle iki çift laf ediyorum…"

"Nedense her zaman seni almaya geldiğim günlere denk geliyor değil mi?"

"Birbirinizle uğraşmayı kesin. Göle gidecek miyiz, gitmeyecek miyiz, ona karar vermemiz lazım," dedi anne. "Ben gitmeyelim diyorum. Ev buz gibi, ısınması üç gün sürecek, ondan üç gün sonra da yola çıkmamız gerekecek. Bir de sürekli yağmur yağarsa..."

"Belki de kar yağar. Ayrıca ne fark eder ki, şömineyi yakar otururuz."

"Televizyon çalışmıyor, çocuklar o olmadan çok mutsuz olacak," dedi anne.

"Marta için konuş, benim televizyonla işim olmaz," diye karşı çıktı Zoe.

Annesi memnuniyetle gülümsedi. Zoe, Bronte kardeşlerin bütün kitaplarını okumuş, tam bir fanatik olmuştu.

"Ayrıca Sara ve Marta ne istiyor, onu da öğrenmemiz lazım," dedi baba. "Bahse girerim evet diyecekler."

"Bir dakika, ben gitmek istediğimi söylemedim, sadece televizyonun lazım olmadığını söyledim. Ayrıca doğum günümde burada olmak isterim. Ondan sonra gitsek olmaz mı?"

Annesi ona baktı ve iç çekti. "O zaman şöyle yapalım," dedi. "Ben ve baban herkes adına karar verelim. Bazen fazla demokrasi fazla sorun yaratabiliyor."

Zoe hayal kırıklığına uğramış bir şekilde omuzlarını silkti. Doğum gününün tartışmaya kapalı bir konu olduğunu düşünmüştü. O gün hiç evden uzakta olmamıştı daha önce. Ayrıca eğer gideceklerse bir an önce yola çıkmaları lazımdı çünkü yılın ilk günlerinde babalarının işe dönmesi gerekiyordu. Bu ikisi ne karar vereceklerdi acaba?

Zoe koridordan geçti, Diletta'nın kapısı açıktı, eşyalarını katlayıp valizine tıkmakla meşguldü. Yarın yola çıkıyordu ve bütün bir tatil boyunca kendi evinde olacaktı. Eve gideceği için mutluydu ama sonra ayrılması daha da zor olacak diye endişe ediyordu.

"Diğer yandan, böylesi daha doğru," demişti Zoe'ye. "Sizin de ben olmadan tatil yapmaya ihtiyacınız var." Zoe bu söze gülümsemeyle karşılık verip "yok canım, ne alakası var" türü yalandan bir cevap vermek istemedi. Sonuçta doğruydu, ailesi normale döneceği için seviniyordu.

"Dinle Zoe," dedi Diletta valizini kilitlerken. "Benimle şehir merkezine gelip kardeşlerime hediye almama yardım etmeni istiyorum."

Zoe dudaklarını sıktı, aslında şehir merkezine gitmeyi hiç ama hiç istemiyordu. Tatilin ilk gününü evden çıkmadan tembellik yaparak geçirmeyi planlıyordu ama reddetme şansı da yoktu. "Tamam," dedi, "hemen gidelim, böylece daha az kalabalık olur."

"Bir telefon edip geliyorum," dedi Diletta. "İki dakika sonra kapıda buluşalım." Sonra Zoe'yi kapı dışarı etti.

Giyinmek için biraz vakit harcadılar ve hemen asansöre bindiler. Diletta o bitmek tükenmek bilmeyen hikayelerinden birine başladı ve nefes almadan anlatmaya koyuldu. Zoe artık onunla nasıl başa çıkacağını öğrenmişti, ya sessizce kafa sallayıp onaylıyor ya da dinliyormuş gibi yapıp başka şeyler düşünüyordu. Jonathan'la işler iyiye gidiyordu, onları tekrar yakınlaştıran sinema çılgınlığından sonra eskisi gibi kitapçıları gezmeye başlamışlardı. Oğlan hala onun elini tutmaya çalışmamıştı, ki bu iyiydi çünkü Zoe böyle bir durumda nasıl tepki vereceğini bilmiyordu. Laila ve Aliai'ye ise herkes *ikizler* diye sesleniyordu çünkü birbirlerinden ayrılmaz olmuşlardı. Kendine elleriyle bir şeyler yapabileceğini kanıtlama derdinde olan Leda bir dekupaj kursuna yazılmıştı. Tatlı kap kağıtları toplamak ve yeni arkadaşlarından bahsetmek dışında bir şey yapmıyordu. Sorun şu ki arkadaşım dediği insanlar ya ondan yaşça büyük kızlar ya da kadınlardı. Ayrıca kursta yaptıklarıyla ilgili hiç konuşmuyordu. Bunlar Zoe'nin kafasında soru işaretleri uyandırıyordu ama kurcalamıyordu.

Önceki gün okulun son saatinde erken bir Noel kutlaması yaptılar. Öğleden sonraki dersler iptal edildi. Madam Olenska yanlarına gelip onlarla bir şeyler içip sohbet etti. Tabii ki meşrubat içmedi, içinde bir dilim limon olan sade bir soda...

Bu aslında resmi bir toplantı değildi çünkü kızlara sinirli olsa Madam oraya hiç gelmezdi. Puantlarla ilgili ise şimdilik bir sorun yoktu, her şey iyiye gidiyordu.

"İtiraf etmeliyim ki biraz endişeliydim," dedi Madam Olenska kutlamadan sonra. "Ama görüyorum ki çok ilerlemişsiniz, iyi çalışıyorsunuz. Sonuçları da hemen görülüyor. Sizden önümüzdeki tatil boyunca dinlenmenizi istiyorum. Bunu hak ettiniz."

Ve morali o kadar yerindeydi ki Francine'in zamanında çıkarmayı beceremediği, üzerinde iki geyik boynuzu olan aptal yeşil tacını görmemiş gibi yaptı.

*

Rahatlama. Zoe'nin hissettiği tam anlamıyla buydu. En azından tatil iyi başlamıştı. Rahatlamıştı ve tatili keyif içinde geçirip kendi kuruntularıyla uğraşmıyordu. Bir yandan Diletta ile otobüste giderken Zoe'nin bütün bunları düşünecek vakti oldu. Sonra birden kızın sorduğu soruyla kendine geldi.

"...gitti?"

Ne sordu ki şimdi? Nasıl mı gitti? Ne nasıl gitti? Kim gitti? İyi de nereye? Zoe ufak bir gülümsemeyle Diletta'ya döndü. "Pardon, başka bir şey düşünüyordum. Ne sormuştun?"

"Madam Olenska'nın nereye gittiğini bilip bilmediğini sordum. Tatil için yani," dedi Diletta. "Bazen aklın bir karış havada..."

"Pardon," dedi Zoe. "Gerçekten hiçbir fikrim yok. Biliyorsun, o Rus ama birkaç hafta için evine dönmez herhalde. Hatta belki de *Rustu* demek daha doğru, sonuçta çok uzun süredir burada yaşıyor."

"Tabii ya, acaba bir kocası ya da bir sevgilisi var mıdır?"

"Hiç bilmiyorum. Özel hayatının ortalarda olmasını istemez pek, hatta bence bir özel hayatı olmayabilir." Sonra düşündü ve bu tatsız fikirden vazgeçti.

"Daha doğrusu bilmiyorum, okul çok vaktini alıyor muhtemelen."

"Tabii ama bu yeterli değil, değil mi?"

Zoe cevap vermedi. Ne diyeceğini bilemedi. Muhtemelen Madam Olenska'nınki baleye adanmış bir yaşam olarak elindeki tek örnekti. Bu konu böyle ayaküstü, bir otobüste oradan oraya savrulurken, insanların biri inip biri binerken konuşmak için fazla hassastı.

"Bizim durağımız," dedi Diletta pencereden dışarı bakarak. "İnmemiz lazım."

"Aslında bir sonraki daha iyi olur," dedi Zoe çünkü okul durağındalardı. Doğrudan dükkanların olduğu bölgeye gitmek için diğer durak daha iyi olurdu. Ama belki de Diletta'nın aklında bir şey vardır diye daha fazla konuşmadı ve basamaklardan aşağı indi.

"Okula bir uğrasak sorun olur mu? Hemen sekreterliğe uğrayıp annemlerin imzalaması gereken bir form almam gerek. Yanımda götürürsem postayla uğraşmamış oluruz," dedi Diletta. Zoe de onu takip etti.

"Nereye gidiyorsun? Sekreterlik bu tarafta!" Zoe onu durdurmaya çalıştı çünkü kız yanlış bir koridora girdi ama Diletta onu duymamış gibi yaptı ve deli gibi koştu. Zavallı Zoe'nin de onu takip etmekten başka çaresi kalmadı. Diletta terzinin odasının kapısında durunca Zoe artık bir şeyler döndüğünü anladı. "Senin sekreterliğe gitmen gerekmiyor değil mi? Hepsi bahaneydi..."

"Sus ve içeri gir. Buraya kadar geldikten sonra her şeyi berbat etmek istemezsin," dedi Diletta ve kızı odanın kapısından içeri itti.

İçerde Demetra'nın çalışma masası ışıl ışıldı. Masanın tam ortasında üzerinde beyaz mumlar olan sarı-beyaz bir pasta vardı. Mumların kaç tane olduğunu söylemeye gerek yoktu, on iki. On iki eksi bir gün ama kim takardı, sonuçta bu bir sürpriz partiydi, öyle değil mi? Sürprizin büyük kısmı da bu erken organizasyona dayanıyordu aslında çünkü ertesi gün davetlilerin büyük kısmı yola çıkmış olacaktı. Tabii Zoe de. Çevresine şöyle bir baktı ama aslında isimleri gözleri kapalı bile sayabilirdi: Jonathan, Lucas, gülümser ve önlüksüz haldeki Demetra, okulun piyanisti Şef Fantin, Laila, Leda, Aliai. Bir de planı işe yaradığı ve Zoe'yi kandırabildiği için kendinden memnun Diletta.

"Haydi, ne bekliyorsun, üflesene?" dedi Leda.

Ve mumlar bir seferde söndü. Sonra alev alıp tekrar yanmaya başladılar. "Güzel değil mi?" dedi Lucas. "Az da olsa özgünlük katıyor."

Dördüncü defada da sönmeyip tekrar yandıklarında onları söndürmek için ıslatılmış parmaklara ihtiyaç vardı. Fantin bütün öğrencilere Zoe'nin son favorisi olan mandalina suyundan bir bardak verirken Demetra *artık pastayı kesebiliriz,* diye düşündü. Bu sırada herkes kadehlerini kaldırmış doğum günü sahibinin şerefine içiyordu.

Zoe çok mutluydu, yüzü biraz kızarmıştı ama ilk defa böyle bir sürpriz partiyle karşılanıyordu. Çok heyecanlıydı. Enfes doğum günü pastası afiyetle yendikten sonra sıra hediyelere geldi, daha doğrusu hediyeye. Çünkü Demetra şöyle dedi. "Herkes adına konuşuyorum. Artık on iki yaşında olduğuna göre bebeklerin ve ayıcıkların zamanının geçtiğini düşündük. Sonuçta çocuk değilsin artık. Bizi birbirimize bağlayan şey, beni, seni ve arkadaşlarını bir arada tutan şey bale. Dolayısıyla biz de sana baleyle ilgili bir hediye vermeye karar verdik. Çok orijinal değil ama işte hediyen."

Sonra tütülerin asılı olduğu askıya uzanıp teatral bir edayla beyaz bir tülü kaldırdı ve altından Demetra'nın bir süre önce Zoe'ye gösterdiği zümrüt rengi tülden yapılmış bir tütü çıktı. İki sıra kısa tül, astar, biraz sim ve bu garip, ters duran çiçeği tamamlamak için pembe satenden güller. Askının üzerinde ok şeklinde pembe ve yeşil bantlardan yapılmış bir küçük taç da vardı. Tacın arkasında serbest halde asılı duran düğümlerin ucunda minik birer gül goncası göze çarpıyordu.

"Ama bu...aynı..."

"Tabii," dedi Laila. "Ne kadar hoşuna gittiğini görünce hemen gelip Demetra'dan bunun gibi bir şey yapmasını rica ettim. O zaten kumaşı senin için ayırmıştı ama ne yapacağını bilemiyordu. Böylece fikirleri birleştirdik. O işe emeğini kattı, biz de modelle uğraştık. Ha, bir de pastayı ortak ödedik."

"Bunu söylemenin ne alemi vardı," dedi Leda, Laila'ya bir dirsek patlatarak.

"Yani herkesin Zoe için bir şeyler yaptığını anlatmak için söyledim canım..."

Bir süredir dili tutulmuş gibi duran Zoe şimdi bir şeyler söyleme zamanının geldiğini düşündü. Cesaretini toplayıp denemeye karar verdi. "Çok güzel," dedi ama kelimeler sanki az önce ağlamayı kesmiş gibi parça parça çıktı ağzından. "Teşekkürler, hepinize çok teşekkürler. Bunu hiç beklemiyordum, gerçekten," dedi ve sonra sırayla herkesin kollarına atıldı. Demetra vanilya kokuyordu, Fantin tıraş kolonyası kokuyordu, diğerlerinin ise kokularını zaten biliyordu. "Bu kadar çok arkadaşım olduğunu öğrenmek güzel," dedi sonunda.

"Eh, çok da büyük bir buluş değil," dedi Leda. "Her zamanki ekip sonuçta."

"Ben de varım," dedi Diletta. "Bunu hiçbir şekilde kaçırmazdım."

"Haydi, denesene," dedi Demetra. "Bir hatası varsa hemen düzeltelim."

Zoe bir anda paravanın arkasında kayboldu, sonra hemen geri geldi. "Nasıl oldu?" diye sordu ama bakışlar ona aradığı cevabı verdi hemen. Emin olmak için aynaya baktı. Tütü mükemmeldi, ona çok yakışıyordu, yeşil rengi sanki saçlarının kızıllarını çalıyordu ve beyaz teniyle tam bir uyum içindeydi. "Bununla hemen dans etmek istiyorum..."

"Kim tutar seni!" dedi Demetra. "Okul zaten bomboş. Haydi git. Biz pastayı bitirip ortalığı toplarız. Şu kutuda bir sürü pabuç var, biri mutlaka ayağına olur, haydi." Sonra ellerini çırpıp olaya biraz daha heyecan katmaya çalıştı.

Böylece Zoe terk edilmiş okulda hızla merdivenleri çıkarken buldu kendini. Kimseyle karşılaşmadı. Bulduğu ilk odaya daldı, nasıl olsa hepsi aynıydı. İçersi biraz soğuktu ama umurunda değildi. Birkaç dakika sonra ısınmış olacaktı. Müzik ya da eşlik olmadan, daha önce de böyle özel anlarda yaptığı gibi Zoe aynanın karşısında tek başına dans etmeye başladı. Hiç bakmadan, tamamen bacaklarının ve ayaklarının ritmine uyuyordu. Sonra kendini hazır hissettiğinde aynadaki yansımasına baktı ve kendini bu yeşil kıyafetin içinde kırmızı saçlarını savurarak dans ederken buldu. Gördüğü şey çok hoşuna gitti. *Bu tütü ne işe yarayacak,* diye sordu kendi kendine köşeden köşeye dönüşler yaparak ilerlerken. Şimdiki gibi arada bir çaktırmadan dans etmek dışında bir işe yaramayacaktı muhtemelen. Ama önemli değildi, hatta işlevsiz bir hediye olması onu çok daha değerli kılıyordu. Bütün bu çaba sadece onun içindi, başka bir amacı yoktu. Evet, bunu bir gösteride giyme şansı yoktu ama böylesi de güzeldi.

Nefes nefese selam verdi aynadaki yansımasına, yıldızlara, bu tütüye yakışır bir selam. Sonra aşağı inip diğerlerine katıldı, mandalina suyu içip üzerini değişti. Birlikte gevezelik ederek okuldan çıktılar. Zoe'nin elinde metrelerce kağıda sarılıp özenle bir kutuya yerleştirilmiş hediyesi vardı.

Okulun kapısında yaşlı gözlerle herkese tek tek sarıldı. Heyecanını gizlemek için hiçbir şey yapmıyordu. Jonathan iki elini tutup kulağına "İyi ki doğdun," diye fısıldadı. Fantin nazik bir şekilde elini öptü. Sonra yollar ayrıldı ve Zoe, Diletta, Leda ve Aliai ile otobüs durağına doğru ilerledi. Yardıma ihtiyacı vardı çünkü elindeki hassas yükü akşam kalabalığını kaldırmayabilirdi. Çevresini sarıp onu korumaya aldılar. Böylece çevredekilerin sesleri ve otobüsün penceresinden gelen trafik gürültüsünün arasında çene çalmak için fırsatları olmadı. Aslında böylesi daha iyiydi çünkü Zoe kafasının içindeki seslere konsantre olabiliyordu ve onu gerçekten çok seven bazı insanlar olduğunu fark etti. Kızlara baktı ve Diletta'nın sanki hep oradaymışçasına uyumla aralarında olduğunu gördü. Gürültülü, abartılı, olduğu gibi. Birkaç ay önceki gibi fazla gelmiyordu ona, artık dünyasının bir parçası olmuştu.

Evde Marta, Sara ve annesi tütünün güzelliği karşısında küçük dillerini yutuyorlardı. Gerçekten de bir sürü güzel modelin olduğu terzihaneden alıp da evdeki koltuğun üzerinde tek başına incelendiğinde nefes kesici bir çalışmaydı. Marta tacı denemek istedi, Zoe ona izin verdi. Marta elindeki taçla girişteki büyük aynaya doğru koştu. "Elflerin kraliçesi gibi oldum," dedi koşarak geri dönerken. "Gerçekten Zoe, bu bir Elf kıyafeti. Hoşuna gitti mi? Sen böyle fanatik filmleri çok seversin..."

"Ona fantastik denir," dedi Sara tacı elinden alırken. Bu sefer deneme sırası ondaydı. Bu arada Diletta detaylı bir şekilde yaptıkları planı, herkesin nasıl da plana uyduğunu ve Demetra tütüyü çıkardığında Zoe'nin yüzündeki şaşkın ifadeyi anlattı.

"Ve bu son bavulla bitiyor... Bir şeyler mi kaçırdım?" diye içeri girdi Zoe'nin babası ve son bavulları arabaya yüklemekten vazgeçip onlara katıldı. Tütü hikayesini Diletta'dan en baştan dinledi.

"Umarım bizim hediyelerimiz bunun yanında sönük kaçmaz," dedi babası.

"Saçmalama," dedi Zoe. "Eminim çok güzeldirler. Beni şaşırtacağınızı biliyorum. Herkes beni şaşırtabiliyor."

"Neyse," dedi annesi. "Ama düşünsene, ya beğenmezsen, çok sıradan gelirse..."

"Çevremdeki insanların sıradan bir şeyler yapabileceğini düşünmüyorum," dedi Zoe.

"Sevince sıradan olmak zor," dedi babası. Yaklaşıp onu kollarına aldı. Zoe burada, sevdiği insanların arasında olmaktan çok mutluydu. Şu anda kendini daha önce hiç hissetmediği kadar şanslı hissediyordu.

İYİ TEKLİFLER

Annesi haklıydı, üç gündür yağmur yağıyordu ve haberlerde hava durumunun değişeceğiyle ilgili hiçbir bilgi yoktu. Ama babası da haklıydı, şömine sürekli yanıyordu, dedelerinin eski dağ evi iyice ısınmıştı ve artık herkesin yeni takıntısı miskinlik, miskinlik ve daha çok miskinlikti.

Marta için bu, televizyon yokluğunda babasının ve amcalarının eski oyuncaklarıyla geçen saatler demekti. Babaanneleri bu oyuncakları özenle saklamıştı ve kız şimdi bunların değerli olduğunu anlayacak bir yaşa geldiğinden onlara gereken ilgiyi ve dikkati gösterip oynarken çok eğleniyordu.

Vazgeçilmez iPodunu kuşanan Sara içinse bir divandan kalkıp, başka bir koltuğa çöküp müzik eşliğinde kimseyi yaklaştırmadığı düşünceleriyle baş başa kalmak ve uyuklamak anlamına geliyordu.

Anneleri her güne bir çeşit tatlı yapmaya karar vermişti, günün kalanını ise okuyarak geçiriyordu. Babaları ise bir kamu hizmeti gibi her gün yakındaki marketten alışveriş yapıyor, sabahları eve taze ekmek ve brioche kokularıyla, gazetelerden okuduğu yeni haberlerle geliyordu. Bir yandan da evde tamir edebileceği şeylerle uğraşıyordu.

Zoe de okuyor, hiç durmadan okuyordu, öyle ki bu garip trans halinden çıkınca kendini hiç tanımadığı bir dünyada buluyordu. Çünkü bu yeni düzende ailenin bütün fertleri bambaşka görünüyordu. Ayrıca burada yazı yaşamaya alışkındı, bu ev ve göl, bütün renkleri kokuları ve alışkanlıklarıyla ona günün büyük bir kısmında açık havada takıldığı yaz mevsimini yaşatıyordu. Şimdi ise şömine başında her şey çok farklıydı.

Sürekli aynı giriş cümlelerini okumaktan sıkıldığı Bronte kardeşler dışında babaannesinin seçtiği kalın bir biyografi kitabından bir balerinin hayatını okuyordu. Kitabı doğum günü hediyesi olarak ona annesi vermişti.. Noel içinse bütün aile ona hiç beklemediği bir hediye vermişti, çok küçük taşınabilir bir bilgisayar. Bu alet, şimdi Marta'nın olan eski bilgisayarından çok daha hızlıydı. "Aman ya, ablalarımın eski kıyafetlerini giydiğim yetmiyormuş gibi şimdi bir de eski bilgisayar çıktı başıma," diye söylendi Marta diğerlerinin kahkahaları arasında.

Nedendir bilinmez göl ve bilgisayar birbirlerine uyum sağlamadılar. Kalemle yazılan mektuplara alışkın, zamanın yavaş geçtiği bu eski evde ekranı kaldırıp klavyede bir şeyler yazmak bir garip oluyordu. Teknolojinin hiçbir çekiciliği kalmamıştı. Tabii arada sırada anne ve babasına hediyeden ne kadar hoşnut olduğunu göstermek için aletin düğmesine basıyordu ama evde olsa masaya yerleşip adeta bir uçan halı gibi bu aletle farklı dünyalara gidip geleceğini, bir sürü yeni şey öğreneceğini herkes biliyordu. Geleceğe karşı, geçmiş zamanlar: Kitap uzak ve çok büyüleyici bir dünyada geçiyordu. On sekizinci yüzyılda Fransa'da yaşamış ve o dönemde, kadınların önünde pek imkan olmayan bir zamanda çok zengin ve ünlü olmuş, sahnelerin yıldızı bir balerinin hikayesiydi.

Kitabı kapatıp gözlerini şöminede yanan ateşe diktiğinde, yanan odunların ve parçalanan dalların kokusunu duyduğunda Zoe geleceği, kendi geleceğini düşündü. Öyle çok da uzağı değil, tatil bitip

de okula dönünce, alışkanlıklarına dönünce neler olacağını düşünüyordu. Diletta küçük kasabasından bir sürü hikaye ile dönecek, anlattıklarını dinlemeleri için onları esir almaya devam edecekti. Varlığı ve sesiyle ortama hakim olacaktı. Morali iyi bir anında Zoe kıza karşı daha sabırlı olmaya karar verdi ama kendini bu durumdan korumayı da unutmayacaktı. Olabilecek en güzel şey Diletta'nın okuldaki çocuklardan birinden hoşlanmaya başlaması olurdu ama çiftler ve gruplar şimdiden belli olduğundan Zoe bunun hiç olamamasından korkuyordu. Tabii yine de hayatın ne göstereceği belli olmazdı.

Alexis ona güzel bir yılbaşı kartı yollamıştı, kart krem rengiydi ve üzerinde eski bir resim vardı. Cümleler ise her zamanki gibi kısa ve etkileyiciydi:

Sana mutlu bir Noel
Ve yeni bir yıl dilerim
Umarım isteklerin gerçekleşir
Kalbimdesin...

Ve imza. Hepsi bu kadardı. Her zamanki gibi çok hoş sözlerdi. Doğum günü ile ilgili bir söz yoktu çünkü otelin barında oturup muhabbet ettikleri o gecelerde hiç doğum günlerinden bahsedilmemişti. Zoe oğlanın hangi burçtan olduğunu dahi bilmiyordu. Hatta bunu fark eden Leda ona, "Senden adam olmaz," der gibi bakıp başını iki yana sallamıştı. Sara'nın dediğine göre yeni yılda Zoe'nin horoskopu duygusal değişimler öngördüğünden, hatta özellikle Aslanlar ve Boğalar diye not düştüğünden, Zoe şimdi oğlanın bu iki burçtan birinden olmasını umuyordu. Yine de öğrenmeye çalışmıyordu. Yoksa şöyle bir cevap yazsa ne saçma olurdu:

Dileklerin için teşekkürler, tüm kalbimle sana katılıyorum.

Sana da yepyeni, sürprizlerle dolu bir yıl dilerim.

Bu arada, burcun ne?

Ayrıca Jonathan konusunda çok memnundu. Nihayet aralarındaki bağın en önemli öğesi olan muhabbetleri ve şehirde amaçsızca yaptıkları geziler tekrar başlamıştı. Bunun oğlana yetip yetmediğini bilmiyordu ama o itiraz edene, aksini söyleyene kadar endişelenecek ne vardı ki? Leda yine duruma müdahale eder ve Jonathan'ın Zoe'ye aşık olduğunun açık seçik belli olduğunu söylerdi.

Zoe daha önce fark etmediği bir şeyi fark etti, Jonathan nazik biriydi ve bu, insanlarda nadiren bulunan bir özellikti. Zoe'nin bunu yeni fark etmesinin sebebi muhtemelen oğlanın sadece ona değil, herkes karşı nazik olmasıydı. Gülmeden hatta bir bahane bulup kaçmadan Diletta'yı bile dinleyebiliyordu. Laila'nın içine kapanık olduğunu anladı ve ona karşı asla ısrarcı olmadı. Laila geri çekilmek istediğinde o da geri çekiliyordu. Paola ile de o sandviç olayından sonra sakin ve mesafeli bir ilişkisi vardı. Kız farklı şeyler istese de o aldırmıyor ya da görmezden geliyordu ama bunu kızı incitmeden yapıyordu.

Zoe uyuyamadıkları ve karanlıkta uzun saatler konuştukları bir gece bunları Sara'ya anlattı - Marta uyuyalı çok olmuştu. Evde bir sürü oda olmasına rağmen birlikte uyuyorlardı ve bu sayede bu eski evin gece çıkardığı garip seslerden korkmuyorlardı. Ayrıca çapraz duran kalasları ve beyaz demirden yataklarıyla çatı katı çok güzel bir yerdi. Jonathan'ın erdemleri listesini sonuna kadar din-

leyen Sara, "Mükemmel görünüyor. Umarım bütün bu mükemmellik sıkıcı olmaz," dedi.

Zoe oğlanı böyle büyük bir suçlamadan kurtarmak üzere heyecanla itiraz etmeye hazırlandı. Peki ya Sara haklıysa?

Leda, Noel hediyesi olarak ona çeşitli kağıtlardan çiçek şeklinde kesitiği parçalarla süslediği oval bir kutu hediye etti.

"Ben de artık bir şeyler yapmayı biliyorum," dedi sevinçle. Zoe, güzel kutuya küpelerini koymaya karar verdi.

Doğumgünü hediyesi fikrini ortaya atanlardan biri olmamasına dertlenen Laila ona Noel için bir şey hazırlamıştı. Zoe hediyeyi aldı ve karşılığında kıza aldığı kuyruklu yıldız şeklindeki saç tokasını verdi. İlk bakışta ajandaya benzeyen, sert kapaklı ve spiral ciltli bir fotoğraf albümü verdi Laila. İçinde Laila'nın Londra'da çektiği ama hiç göstermediği ve böylece Zoe'nin çoktan unuttuğu fotoğraflar vardı. Laila çok iyi bir fotoğrafçı değildi, itiraf etmek lazımdı ama belki suçlu o otomatik fotoğraf makinesi ya da havanın bir türlü güneşli olmadığı, bir saatten fazla mavi gökyüzü görülmeyen Londra iklimiydi. Kalitenin düşüklüğüne karşılık fotoğraflarda yakalanan kareler Zoe'nin şimdi kağıt üzerinde görünce çok rahat hatırladığı anlardan oluşuyordu: Zoe sadece harita satan bir antikacının vitrinine bakarken, GAP mağazasında Leda'ya hediye bakarken, arkasında kukla şovuyla Zoe gülerken. İkisinin beraber oldukları tek bir kare yoktu, bu da normaldi çünkü o dönem daha yeni tanışıyorlardı ve sürekli kucaklaşıp sarılmanın sırası değildi. En sonra ise son günlerden birinde Zoe'nin Laila'ya çok ısrar ederek çektirdiği bir fotoğraf vardı. Merdivenlerde oturuyorlardı, aslında herhangi bir yer olabilirdi. Laila'nın saçları açık ve kameraya sanki yeni yüzünü göstermek istemiş gibi garip bir ifadeyle bakıyordu.

"İçine bir kart koymadım çünkü büyük laflar etmek istemedim," demişti Laila hediyeyi verirken. "Ama bu seyahat benim için yeni bir dönemin başlangıcı olmuştu. Sayfayı çevirip yeni bir hikayeye başlamak gibi. Anlıyor musun?"

Zoe kafa salladı ve yine sarılmadılar çünkü sarılma hastası olan Leda'ydı. Büyük birer gülümsemeyle ayrıldılar. Laila için iyi dileklere gerek yoktu, o iyiydi, büyüyordu, her ne kadar sınıfta daha çekingen olsa da Aliai ile arkadaşlığı onu daha normal, daha mesafeli yani tıpkı diğerleri gibi yapıyordu. Zoe'ye göre Laila'nın eski hali şimdikinden daha iyiydi.

İyi dileklere gelince Zoe'nin en önem verdiği ve üzerinde çalıştığı dileği bale ile ilgili olandı. Madam Olenska'nın takdirini alamamak onu üzmüştü. Her ne kadar durum kişisel değilse de ve bütün bir sınıfı ilgilendiriyor olsa da, başka birinin tatminsizliğinin yarattığı huzursuzluk ve memnuniyetsizlik duygusu içinde kalmıştı. Üzerinde staj için seçilmiş olmanın ve beklentilere cevap verememiş olmanın da ağırlığı vardı. Zoe yeni yılda bazı prensipleri benimsemeye karar verdi. Liste aşağı yukarı şöyleydi:

1- Dans dersleri sırasında dikkat dağılmayacak.
2- Bir hareketi beceremediğinde okulda kalınıp tekrar edilecek.
3- Zorlanıldığı zaman hemen Gimenez'le konuşulacak.

Bale stüdyolarının dışında başka şeyleri düşünmek için bol bol zamanı vardı. Başka şeylere konsantre olup da Madam'la geçirdiği zamanı heba etmek yanlıştı. Derslerden sonra okulda kalmak Zoe'nin zaten yaptığı ve keyif aldığı bir şeydi, özellikle de vücudu daha hareket etmek istediğinde ya da yeni bir hareketi çalışması gerektiğinde. Zaten fazla egzersizin bir zararı olmazdı. Son olarak, Gimenez'e güveniyordu, onun dikkat gösterip yardım eli uzatacağını biliyordu. Sonuçta sormaktan zarar gelmezdi değil mi?

Yılın sonunda ailece garip bir karar aldılar. Gece geç saatlere kadar çene çalmak yoktu. Annesi soğukalgınlığından endişe ettiğinden dolayı yorganın altına mümkün olduğunca hızlı girme isteğini yineledi. Marta saat sekiz olduğunda çoktan uyuklamaya başlamıştı çünkü bütün günü, hatta karanlık bastığında bile durmadan, odunluktan odun taşıyarak geçirdi. Sara bu kuralın onun için iyi olduğunu söyledi. Böylece hafif bir akşam yemeğinin ardından -babaları yarın için kahvaltıyı kendisinin hazırladığını ama ne yiyeceklerinin büyük bir sürpriz olduğunu söylüyordu- herkes yatmaya gitti. Marta uyuyordu, Sara müzik dinlemek yerine kitap okuyordu, Zoe de öyle. Kapının çalındığını duyunca ikisi de ayaklandılar. Babaları kapıyı bir ayağıyla iterek açtı ve elinde üzerinden duman tüten iki bardakla içeri girdi. "Size çay yaptım, limon, zencefil ve ballı," dedi. "Hemen için, çok güzel rüyalar göreceksiniz," dedi ve ikisini de alınlarından öptükten sonra gitti.

"Saat kaç?" diye sordu Sara. "Telefonumu kapattım, tekrar açmak istemiyorum."

"Stefano'dan mesaj beklemiyor musun? Gece yarısı mesela?"

"Yok canım! O bir partide, beni arasa bile bağrışlardan ve sonuna kadar açılmış müzikten başka bir şey duymam, ne dediğini de anlamam. Sabah konuşmaya karar verdik, o uyandığında. Yani ikiden sonra herhalde."

Sıcak bardakları avuçlarında sıktılar ve saati de bilmediklerinden sanki Zoe'ye zaman durmuş gibi geldi. Hatta zamanda geri gidip 1800'lerde bir tavan arasında yaşayan ve bir sürü hayalleri olan iki kız kardeşe dönüşmüş olabilirlerdi.

"Kafanda bir şapkayla nasıl olurdun acaba?" dedi Sara'ya.

"Deliye benzerdim. Ne türden olduğu fark etmez, hiç bir şapka bana yakışmıyor. Ama soruma cevap vermedin. Saat kaç?"

"Önemli mi?" dedi Zoe.

"Hayır."

Çaylarını içtiler, otların kokusu, güneş ve bir yaz havası içlerini kapladı. Nefisti.

"İyi yıllar Zoe."

"İyi yıllar Sara. Umarım bütün dileklerin gerçekleşir."

"Ben de, yani seninkiler de demek istedim."

Güldüler ve okumaya devam ettiler.

BALE SÖZLÜĞÜ

Arabesque: Bir ayak düz önde, bir ayak düz arkada açık pozisyon.

Arlecchino: Havaya sıçrama hareketi.

Balerin: Kadın bale dansçısı.

Balet: Erkek bale dansçısı.

Battement jete: Üçüncü temel harekettir. Battement tendu gibi ayağın altı yere sürülür ancak son noktada parmak ucu yerden kurtulur, biraz yukarı kalkar ve aynı şekilde gelinen yoldan pozisyona dönülür.

Battement tendu: Baledeki ikinci temel harekettir. Ayağın altı yere sürülerek son noktada da puant durumuna getirilir. Kalça tam açıkta dizin tam yanında tutulur ve gelinen yoldan tekrar baştaki pozisyona dönülür. Öne, yana ve arkaya yapılabilir.

Diyagonal: Çapraz adım atmak.

Esneme barı: Baleye başlamadan önce yapılması gereken esneme hareketlerinde kullanılan yatay destek.

Fouettés: Balede dönüş.

Glissade: Balede küçük bir sıçramayla yer değiştirme hareketi.

Grand Battement: Öne, yana, arkaya bacağı kırmadan dümdüz kaldırmak.

Grands jetés: Dansçıların sıçrayıp bacaklarını havada dümdüz açarak gerçekleştirdikleri hareket.

Klasik bale: Klasik müzik eşliğinde yapılan bir bale türüdür.

Pas de deux: İki kişinin birlikte dans etmesi anlamına gelir. Klasik balede erkek ve kadın birlikte dans eder.

Pirouette: Balede tek ayak üzerinde dönme hareketi.

Plié: Balede plie en temel adımlardan biridir. Dizleri kırmak anlamına gelir. Ayakların baktığı yöne doğru dizleri kırmak gerekir.

Port de bras: Baledeki kol egzersizleri.

Puant: Parmak ucunda durma hareketidir. Aynı zamanda balerinlerin parmak ucunda dans edebilmek için kullandıkları özel parmak ucu ayakkabısı için de aynı isim kullanılır.

Renversée: Sağ ayak önde, sol ayak arkada dönüş hareketi.

Rond de jambes: Bacağın daire çizmesi hareketi.

Bale Akademisi

İÇİNDEKİLER

SİTEMİZİ ZİYARET EDİN

WWW.EDIZIONIEL.COM

BÜTÜN KATALOĞUMUZU, HABERLERİ, DUYURULARI, RÖPORTAJLARI VE OYUNLARI, EKRAN KORUYUCULAR, MASAÜSTÜ RESİMLERİ, KARİKATÜRLER VE DAHA BİRÇOK ŞEY SİTEMİZDE SİZLERİ BEKLİYOR.

BALE AKADEMİSİ NOTLARI